U0921835

千诗百词咏峰林

梁仕田◎著

中国文史出版社

图书在版编目（CIP）数据

千诗百词咏峰林 / 梁仕田著. —北京：中国文史出版社，2025. 5. —ISBN 978-7-5205-5175-5

Ⅰ. I227

中国国家版本馆 CIP 数据核字第 2025H8U053 号

责任编辑： 方云虎
封面设计： 江　风

出版发行：**中国文史出版社**
社　　址：北京市海淀区西八里庄路 69 号
邮　　编：100142
电　　话：010-81136630
印　　装：廊坊市海涛印刷有限公司
经　　销：全国新华书店
开　　本：710 毫米×1000 毫米　　1/16
印　　张：20. 75
字　　数：290 千字
版　　次：2025 年 8 月北京第 1 版
印　　次：2025 年 8 月第 1 次印刷
定　　价：79. 00 元

文史版图书，版权所有，侵权必究。

序　言

李迎兵

如果说当今的自由诗，已经发展到“回车键”写作的地步，随意地“断句”或“跳行”，节奏感和传统诗歌的规律性完全被颠覆。就这一点而言，古典诗词的写作，就是一种追求韵律和形式感的“戴着镣铐的跳舞”。这就需要写作者具有对自《诗经》及唐宋诗词以来的平仄、对仗、押韵等一系列古典诗词元素的传承和赓续。

欣喜地读到梁仕田的这本古诗词的集子《千诗百词咏峰林》，扑面而来一种极富有古典气息的美好韵律，尤其字与词、节与拍、歌与韵，无不体现了梁仕田个性风格。开头《黄花镇赋》：“话说黄花古镇，千峰绕成走廊，南天第一殊荣。”从形式感和艺术的质感来看，确如梁仕田前不久出版的《英西峰林》《古军寨》《梁柱传奇》三本书内容精华的奇妙浓缩。“祺熏千峰竞秀，瑞霭万种风情。”他在咏史、咏事、咏物方面，占据优势。诗集中的主干，无不体现着梁仕田“机杼独出”，既凸显其人文史学功底的扎实和牢靠，同时又强化和偏重“现代认知”的诠释和注解，有了难得的承袭、跳脱、审视和超越，在英西峰林中，在古军寨上，在梁柱传奇的历史故事中，一览众山小。在字句的斟酌上，梁仕田强化着厚重的传统，从形式感上，每每体现着古风，而就内容本身而言，却在具象化的意境中，别出心裁，富有新意。他将今人的眼光和当下的思考，融会贯通，注入其中，力求保持着旧瓶装新酒，从而彰显着古体诗词，盎然荡生的浓浓新意。

梁仕田的诗集《千诗百词咏峰林》，由中国文史出版社出版。整本诗集，共分五个部分，第一部分是“歌行体”，有五首；第二部分，“律与绝”，有一千零一十七首，属于诗集的主干部分；第三部分，“长短句”，有一百首；第四部分，“诗词格律（三篇论述）”；第五部分，“对联（相关的解读）”。另外，三个附录，也凸显作者的博学。可以说，每一部分，侧重点不同，但都贯穿着一个“梦峰林”的主题。这本诗集，是之前出版的《英西峰林》等三本丛书的又一本“锦上添花”之作。这种触类旁通式的抒写，有了歌咏和打击乐的成分，甚或是一种对自然历史人文景观的进一步提炼和升华。

第一部分是歌行体，《峰林吟》里写道：“岁月留痕英德西，轻烟笼翠鸟初啼；/崎岖道路天涯客，何惧风寒水漫溪。”从“英德西”到“鸟初啼”，然后到“天涯客”，对应着“水漫溪”，从地理概念到具象化，然后是人自身的精神坐标。这首结尾：“风雨潇潇过大江，千峰耸翠戏天狼；横空出世遂心愿，任我横天万里航。”梁仕田在大自然的怀抱里，在体察，在感悟，在净化，在提升——从“风雨潇潇”到“千峰耸翠”，从“横空出世”再到“任我横天”，无不体现了作者宏阔博大的诗人情怀。

尤其，对于梁仕田这些诗词作品的特点，可用五个词来概括：一是“真实”；二是“真情”；三是“古意”；四是“新颖”；五是“提升”。

所谓“真实”，从第一部分和第二部分，就能集中地体会到他的良苦用心。梁仕田善于在真实的自然景观中找到灵感的源泉，善于利用真实的人事，浇筑胸中块垒；善于利用眼前英西峰林之景，更善于把古人、古意和古典之典中的意象、故事，穿插到自己的笔下，天衣无缝，从而能够发挥出新的情思、情愫和意境。任何自然景物与人物，都可以作为抒情、言说和追问的有效支点，并由此在诗歌世界里不断地拓展着一个潜文本的空间。正因为有了更多的留白，才让诗句获得深刻有力的“回声”。

在诗集第二部分“律与绝”，《峰林奇石吟》有五首，比如第一首里写道：“粤北岭南突兀峰，无须装点胜芙蓉。/青龙白虎相争斗，残角单睛命运同。”这里的“突兀峰”与“胜芙蓉”，就是一种刚柔相济的对应，阴与阳的互文性。这个与第五首里写的“峰林杰作任乾坤，石瘦云肥气象新”，有了起首的某种铺垫。梁仕田的古典诗词创作，相对而言，更看重“写境”，也强化“造境”。也就是说，他写景咏物的诗句，更多的是以现实之物、历史之物的现实性和具体性为内核，尤其以地理概念的英西峰林，而反复出现的意象，并非仅仅凭借想象来“重建”新的乌托邦胜景。他的“千诗百词”中充满着那种“梦峰林”的现实因子，也是一个地域性很强的宣示。从艺术呈现的角度看，似能看出梁仕田所具有诗词的活性特点，来自对大自然的审美，来自诗人自身的内省型人格的理想主义情怀。他的诗词，由此获得了一种脚踏大地的安泰神力。在地域性和地域历史文化的基座上，他由故乡中的现实之物、历史之物，使得自己获得了安泰一般的力量，并展示出诗人独有的感性向度和价值取向。

第三部分是“长短句”，以《西江月·英西峰林》为例，“岩岫何其瘦漏，浓茶齿夹香留。”一个“瘦漏”，一个“香留”，嘴嚼，反刍，品茗，回味。与下一段中，“砂糖蜜橘映华楼，明迳倍添锦绣。”有了一比。这儿的“映华楼”与“添锦绣”，就是一种意象的叠加和完成。所谓的“炼”，就是提炼，提纯，升华。梁仕田在练字炼意上已经很用心，用力，用功。整部诗词读下来，你能够清晰地感受到他的简约和精到，步步为营。古体诗词，在使用任何一个词，一个字，都得力求让诗句中的每一个意境，都尽最大限度地突破，而且，要别出心裁，做到准确，并且能够延伸——同时，又尽最大限度地使它精确，新颖，丰韵，有意味。

譬如，《破阵子·天国大将军悲歌》中，“深夜翻身执剑，几回血雨腥风。”代入感很强，把握住了那种悲怆的氛围感；随后，“驰向黄花翻隔岭，月暗星埋天地怜，可怜勇半生。”这一句，富有画面感，又有某种动感的体验，身临其境。《临江仙·峰林风情》：“花仙酒醉无人扶。飘飘风散步，学板桥糊涂。”为人处世的道理，从郑板桥身上学到了很多，甚至会隐喻性地折射着具体的个人和诗词人生。

第四和第五部分，有一些说文解字的性质，普及诗词的常识和书写法度。不得不说，梁仕田有了自己的一些思考，无论是“举重若轻”，还是“举轻若重”，都能够使得他有了一种超拔和跳脱感。

是为序。

李迎兵，作家、评论家、中国作家协会会员。曾长期担任鲁迅文学院辅导教师，文联专业作家。首届张爱玲文学奖获得者。已出版长篇小说《沐月记》《狼狐郡》《狼密码》《雨中的奔跑》《校园情报快递》，以及中短篇小说集《温柔地带》《美人归》等。新著《霈霖花》即将出版。

黄花镇赋

话说黄花古镇，千峰饶成走廊，南天第一殊荣。奇洞阳岩，旷世神秘；太白金笔，和顺禅声。抬轿仙人，远眺倒流怪水；赵州拉萨，观音云石晶莹。鬼斧神工雕琢，如诗如画锵铿。

英西黄花古镇，褀熏千峰竞秀，瑞霭万种风情。美貌喀斯，丽绮风月；明迳玄影，混沌天成。金郁芬芳，山妙菊香陶醉；文婆巅顶，梦圆客逐峥嵘。风景这边独好，天公缔造文明。

目　录

一 歌行体

二 律与绝

三 长短句

四 诗词格律

五 对　　联

一
歌行体

峰林吟

岁月留痕英德西，轻烟笼翠鸟初啼；
崎岖道路天涯客，何惧风寒水漫溪。
古柏新松倚绝壁，苍茫大地改颜色；
村新路旧两相依，柳绿风清舞太极。
指点江山丽景殊，残云风卷气长舒；
大鹏展翅冲天起，老树盘根恋故居。
榕翠婆娑傍闹市，崖边静听樵歌起；
长岗背后秤钩藏，未见姜公在钓鲤。
着意随波逐浪忙，呼朋唤友共飞觞；
情浓酒淡心先醉，春水一江日夜狂。
飞彩流光连画阁，灯红酒绿锦书托；
莺声细语勤叮咛，金缕银珠光闪烁。
绿水逍遥碧波闲，笑声爽朗月儿还；
肩摩踵接观云变，水底流霞红似丹。
街有稚童逐晚风，高声唱得夕阳红；
倚栏但愿人长久，石角簪峰镇九龙。
城镇菜篮艰有限，光流彩溢笑开眼；
餐风露宿日初晴，云雾沾春当把盏。
文化旅游开发时，蓝图一定后人依；
今人早识春风面，万紫千红赋丽诗。
岩洞风光醉客眸，乡村巨变何须偷；
峰林新纪开新运，无限风光气斗牛。
风雨潇潇过大江，千峰耸翠戏天狼；
横空出世遂心愿，任我横天万里航。

明迳曲

赏景观山明迳行，山高路陡苍苔横；
碧波万顷遍山绿，浑似南海绿浪生。
春暖神州催人醉，箫声混沌斜照吹；
桃红李绿映眼中，载笑满车拥青翠。
飘落笑声峰山间，声波推浪倒影还；
黄花水荡幽香喷，蝶舞蜂飞石角弯。
突兀峋嶙地角格，锋芒如剑瘦似尺；
残霞风卷白云飞，水起风生迎远客。
瘦石多情倚老松，山泉濯足话从容；
欲跨骏马驰天外，笑把移民复古风。
雪月风花血溅野，山河再造新图写；
举旗振臂疾声呼，胜利终归勇敢者。
北大传康粤北访，峰林开放此登场；
长江后浪推前浪，新世旅游开大窗。
岸柳苍松争壮茁，养儿育女献心血；
开天辟地大功臣，锦绣峰廊顽石缀。
完璧归来绿映波，彩虹万道壮山河；
风光无限这边好，万象包容四海歌。
曲巷弯阶撩碧宇，枝繁叶茂擎天柱；
东风吹梦到英西，劈锁开关我做主。
故里风清处处歌，枫红柳绿舞婆娑；
取经寻得好门道，老凤翩跹又几何。
龙舞凤飞车马急，山花倚石凌云立；
中华世纪正腾飞，崛起黄花振古邑。

故里杂记

几番酷泪黑岩喷，炮响三山惊碧云；
石壁尘封多少恨，残基断垣何伤人。
山坑古道路边苔，飒飒西风马上催；
岁月沧桑野菊栽，和风细雨为花来。
传康千里考英西，力举峰林献盛世；
笔借桂林山水题，词将明迳漓江系。
文婆山上腾蛟龙，擎起太平烽火红；
细听子规啼静夜，烟霞落叶笑香枫。
峰林倒影水底山，仙阁琼楼碧连环；
明迳漓江一个款，鸡群立鹤自清闲。
喀斯特貌生灵溪，岭峻山高鸟乱啼；
天国闯军镇宝寨，彭家古堡枕金堤。
寓岩和顺参禅圣，云石寺成宗教兴；
山寺阿弥偈语起，九重天外漂流馨。
巍峨帝庙感恩隆，蝶舞蜂飞弄晓风；
车水马龙如蚁拥，黄花小镇画千重。
德岗都古石梯陈，天国太平道路新；
瘦水穷山成旧韵，灯红酒绿转乾坤。
南天第一展风光，改革前途天地广；
百里乡村披艳妆，古圩骤变珠玑巷。
回望家乡重重峰，振兴华夏国圆梦；
挥戈驰马志凌空，覆雨翻云仙境洞。
一颗丹心气斗牛，龙潭虎穴任风流；
心雄志壮跨鸿鹄，驾驭风云楼上楼。

黄花醮仪咏

非遗文化黄花醮，文化传承兴纪要；
道士登坛作法时，善男信女把香烧。
黄花打醮有严规，每个过程相协调；
封醮开坛与答祖，诵经奏表起幡吊。
普庵大将放生灯，千佛拜星罗汉承；
结界施幽程序顺，八仙过海显神能。
茆山作法招兵马，将帅到来六合腾；
善果同修功德满，驱邪镇煞秽污澄。
初开天地定星辰，置就阴阳伴太真；
丰富内容终少见，专家学者往来频。
时间长短有增减，作法依规程序新；
锣鼓铿锵鞭炮响，刀山奇妙镰山神。
民间民俗很多谜，国外学人作课题；
不解之谜有几许，探新领域有跷蹊。
游人看醮像迷信，破解要攀科学梯；
看上刀山过火炼，神奇炫技与天齐。
红妆翠袖听阿弥，天上白云伴雁飞；
风过寒林惊落叶，客来明迳曳斜晖。
曾经有梦求神者，戒荤吃斋不可违；
纷至沓来祈福寿，诚心向佛得珠玑。
穿街走巷入迷离，冬去春来花满枝；
国泰民安风雨顺，一杯深醉已成痴。
黄花醮仪成非物，难得情怀似旧时；
墨客乡间观醮仪，骚人爱赋黄花诗。

九 龙 吟

满山遍野杜鹃红，石角簪峰镇九龙；
长啸一声云出岫，千岩万壑响英风。
乡村处处新楼立，小镇条条大道通；
阔路宽街绿树下，新鸦旧燕往来冲。
春游览景雨飘潇，越壁攀崖竞折腰；
玉笛蜚声吹日落，碧波推月荡春潮。
熏风涌起千层浪，授意弯弓射大雕；
仙境洞天好去处，阑干灯火苏坑桥。
溪河浪急水流长，雨送轻烟过短墙；
勒马横刀叱匪贼，荷枪实弹镇南疆。
凝眸忆昔硝烟起，鼓歇锣收戏散场；
风雨飘摇数百载，横天一笑又飞觞。
梨花淡荡拂红袖，柳絮逍遥响笛后；
饮露餐风雨过时，流光溢彩水云秀。
琼楼玉宇彩云关，鸟语花香杰阁还；
店铺通街商品俏，马龙车水搅休闲。
川流滚滚戏蓝天，林海滔滔笑夕烟；
万里无云遮旭日，回环高路上峰巅。
千姿百态罗浮地，水绿山青碧树缠；
往事萦怀情切切，嶙峋瘦漏任流连。
落霞红染振英西，破浪乘风自壮怀；
岭上新松争壮茁，而今科技走天涯。
春风得意马蹄爽，玉溅珠飞水漫溪；
黄寨千峰堪入画，九龙展翅恨天低。

二 律与绝

峰林奇石吟

（五首）

一

粤北岭南突兀峰，无须装点胜芙蓉。
青龙白虎相争斗，残角单睛命运同。
一石冲天称蜡烛，状元高中地生风。
峰林福地有几许，漫咏豪吟意无穷。

二

西风拂柳霜熏后，岩趣菊黄金满沟。
莫说峰廊道路曲，驱车驰马乐优游。
喀斯特貌蜚声远，享誉南天第一浮。
休问英雄喋血事，时人怀古泪尚流。

三

地角天涯有几大，朝云夕雾问川溪。
岩奇洞怪漂流绝，数里暗河地下埋。
首数中华漂第一，万千游子拥英西。
九重天内临仙界，彩筏冲波逐话题。

四

岩坪山坳英石考，勾起绪思上心头。
石角峥嵘争出路，吞云吐雾为谁谋。

披红挂绿调朱墨，路狭未曾悔远游。
飒飒金风今又至，忘却人生沉与浮。

五

峰林杰作任乾坤，石瘦云肥气象新。
叠叠重重天半凸，翩翩风度感星云。
穿岩礼佛留和顺，菩萨多情石可亲。
梦里相思不可挡，百年灯火照车轮。

峰林奇景咏

（五首）

一

嶙峋叠叠河溪迎，万石峥嵘为我荣。
日曜山明曲路困，满怀心事起三更。
星云拱月金光灿，妙梦连绵与日争。
做客呼朋登绝顶，沧桑阅尽总关情。

二

簪峰石角插云端，似剑神香黄寨盘。
龙虎何其如此斗，单睛残角几心酸。
鲤鱼照镜苏坑上，螺蟹不和揾食难。
月照洞天转瞬过，情思淡淡起波澜。

三

驻足岭南穿锦绣，披红着绿染金秋。
邀她燕子开春路，花落多情伴客游。

可惜当年齐白石，未曾泼墨写英州。
黄花若遇毕加索，明迳倒影早出头。

四

飞瀑穿崖绿浪滚，玄泉射影石留痕。
德岗水怪倒流去，忘记曾经唱楚云。
一颗丹心芳影尽，三生花草念黄昏。
流光有梦传微信，四海升平国运新。

五

英西黄寨三炷香，携手流霞拜上苍。
村树难遮千里目，曲泉恰似九回肠。
黄花双烛冲天起，传说离奇醉夕阳。
浩渺烟波望不尽，峰廊径曲水流长。

峰林拾句

（八首）

一

山路纵横车疾驰，前街后巷涌轻骑。
圩中耸立千间店，超市办公食宿齐。
世外桃源多惬意，小蛮起舞折腰时。
人居闹市常思变，富在深山成乐痴。

二

香稻万顷金漫天，秋收硕果兆丰年。
梅开二度凭仙气，凡事三思分后先。

李杜好诗唐做尽，银河无意隔凡仙。
黄花倒影狂魔竞，如画峦峰数万千。

三

岩背天湖碧韵侵，日光腼腆松荫深。
悠悠绿水静如镜，泛泛波光映碧林。
叠叠崇山舞翠浪，重重乡梦几回寻。
英西无限风光好，透漏嶙峋石变金。

四

世间烟雨客中过，如意风光有几何？
多少无知不识宝，只缘萝茑托高柯。
打通错节成经验，得意常随失败和。
世事茫茫眨眼过，人生莫怨别离多。

五

松竹萧疏花映堤，烟波深处话英西。
白云出岫雾无计，日上山头曜彩霓。
新笔何嫌宣纸旧，秋深月淡压云低。
故园久别长留梦，无限乡心与日齐。

六

长空万里卷秋霜，风送残云推月光。
断壁残墙谁问计，岁逢九月又重阳。
轻车重载踏佳节，换挡加油驰故乡。
今日黄花谁做主，长箫短笛欢声扬。

七

石怪峰奇丽景馨，乡村市镇共峥嵘。
黄花豆腐何娇嫩，水特豆鲜地域成。
军寨危墙风景特，秋冬野菊郁香盈。
世间哪有倒流水？万水千山总是情。

八

蜡烛成双相对侍，九龙奇岫香三支。
远山近岭冲霄去，芳菊疏松绿柳倚。
石角峰簪峰廊峙，洞天仙境出世迟。
阳岩藏宝非神话，叱咤风云入画时。

马庐塘沧桑

（二首）

一

英西峰林马庐塘，当日屯马震四方。
蓄锐养精图兴闯，枕戈待旦为宝忙。
水塘乍起千尺浪，协助义军斗魔狂。
泼墨切词去俗韵，官军劫后泪千行。

二

英西峰林马庐塘，镇宝寨下马舍荒。
塘水一潭天地广，沧桑百世话炎黄。
何期一枕黄粱梦，美梦未成又项庄。
空有玄泉朝夕喷，马庐无计主兴亡。

朝天烛

（五首）

一

英西峰林朝天烛，逗雾笑月撩碧空。
形若项庄出鞘剑，绿光轻曳舞天风。
沉雄巨岫冲霄去，正待伺机建伟功。
举戟亮戈何所用，与时俱进更从容。

二

蜡烛冲天百丈巅，巍峨绝壁偎神仙。
雄姿堪比峨眉峻，气势欲成南霸天。
巅顶状元风水地，神奇故事传千年。
多情最是风和雨，及第登科美梦圆。

三

百担东西各一烛，千年翠碧万年绿。
溪明水曲斗星依，福地钟灵风水独。
聚气藏龙应密机，继昌唱响状元曲。
功名成就好家风，一子皇恩荫一族。

四

蜡烛逍遥撩太空，英姿飒爽舞云丛。
周边峦嶂互相拱，着绿穿红舞晓风。
烟雨匆匆如日愿，落霞披锦夕阳红。
天妍地丽如斯美，毓秀关山又几重。

五

英西峰林皇朝石，好事完美出广东。
又有芳名朝天烛，烛光灿烂凌碧空。
时来运到开福地，举起继昌状元公。
超越帝庭八学士，仰天一笑任长风。

镇宝寨

（三首）

一

英西峰林镇宝寨，两岫夹坳半空中。
志士运智造险地，一夫当关敌千戎。
攻防进守任应对，万里关山万里雄。
镇宝如何遭掠夺，东山再起梦成空。

二

英西峰林镇宝寨，创业艰苦为谁忙？
可恨危崖难镇宝，官贪宦败吏猖狂。
遗留残寨怎么办？愧对爹娘哭上苍。
盛世芝兰启迪韵，泪成诗赋满长江。

三

寨成镇宝侍圩边，骏马金鞍绿浪眠。
大久山峦笔架现，马庐塘水涤征鞭。

山门石夹展神气，高路低旋造势玄。
布下天罗逐理想，终将财宝付云烟。

倒湾磅

（二首）

一

英西峰林倒湾磅，石屋石洞石走廊。
昔日乡贤名仕阁，依山傍水富豪庄。
前朝彦生遇三桂，赏赐王剑认契郎。
接着又再封学士，一时风光几荒唐。

二

英西峰林倒湾磅，湾水绕寨铸币狂。
屋后半山洞小巧，木遮树障倚寨庄。
振都造币数十载，又到省城开银行。
一水一湾担使命，集成气大有文章。

梦萦古寨堡

（十首）

一

螺山寨堡亭廊俏，曲巷弯阶榭阁绕。
石级玄门依易司，川溪吞月星云娇。

幽岩隐秀怎无诗，巅顶祠房纳福兆。
古柏疏松好鸟栖，炮台风景更妖娆。

二

世上蓬莱到寨山，峥嵘石角壮祠颜。
陡奇曲巷弯阶造，树绿花红日照闲。
古壁重墙镬耳筒，房前屋后尽玄关。
亭台叠阁峰峦璨，壬水澜潺十八弯。

三

寨石嶙峋寻出路，风光无限梦中留。
新萱古柏芳菲吐，月皓花繁不记秋。
峰顶祠神成古刹，离奇风水螺山酬。
筑营造寨御匪贼，赢得豪绅获封侯。

四

春风得意去无痕，寨枕翠螺碧浪吞。
南去波涛生紫电，朝阳斜照倒装门。
炮台高筑喜沉睡，镬耳琼楼坐锦墩。
八角楼基何处去，百年人事几昆仑。

五

西下夕阳酒一杯，余晖爱照旧苍苔。
古祠默默守巅顶，岁月匆匆自去来。
数百沧桑豪气在，万千族子早成才。
云翻寨外虹飞彩，岸芷汀兰又几回。

六

明迳风光堡作祠，灵螺色特绿琉璃。
云缠雾绕山如梦，露湿苍苔恋石矶。
又是高楼拔地起，峰浮碧玉白云飞。
多情依旧山和寨，明义知方赖布衣。

七

黄花古堡彭家祠，独特峥嵘入翠微。
可学公祠担使命，亭台楼阁有灵犀。
时来运转新天地，布达拉宫壮口碑。
寨堡娇娆开气象，腾云驾雾走天涯。

八

层层叠阁架云梯，俯瞰螺山石作旗。
万载韬光逢盛世，千年焕彩耀金堤。
螺峰俏小名声大，福地形成富贵齐。
栋宇凌云通上界，大鹏展翅恨天低。

九

车水马龙崎路间，黄花古堡客争攀。
春风得意马蹄爽，载舞载歌上寨山。
天下名山有几许，寨山崛起梦魂闲。
此时又号小拉萨，布达拉宫盛世还。

十

螺山筑寨与天齐，水涌彭家堡枕堤。
祠坐峰巅构理想，绿盘石托绕穹街。

高台百尺有何计，无限风光日落溪。
福地谁人运智慧，彭公可学出江西。

暗河漂流

（八首）

一

中华第一暗河漂，漂过暗河万虑消。
虎谷九湾十八曲，三千特景天工雕。
谷明河暗佳人俏，客似云来涌旅潮。
南国峰林多俏妙，人间天上尽妖娆。

二

江山如画自高歌，虎谷漂流情趣多。
特别风情人共享，九重天外绿婆娑。
轻舟舞浪暗河过，彩筏穿波覆翠罗。
千万沉思抛浪后，生花妙笔写山河。

三

欢歌响彻九重天，磨剑追梦数十年。
借问归来双紫燕，几多词韵赋山川。
彤云霭雾随溪转，绿浪碧波载客癫。
世外桃源在这里，黄花溶洞暗河玄。

四

英西峰林话漂流，一落卅丈壮志酬。
百转千旋冲暗洞，惊心动魄尽优游。

何堪白发随流水，且把春心向月浮。
项目新奇趣味特，声名远播震寰球。

五

黄花虎谷话漂流，波荡浪飞舞倦鸥。
水落跌差三十丈，有惊无险上层楼。
暗河面对参天岫，水独岩奇洞府幽。
世界漂王称誉后，峰林特趣作诗酬。

六

何日蓬莱浮谷川，天蓝云白踞中原。
漂流客旅因何笑，逐筏追波争向前。
水阁云天胜似画，神怡心旷乐翻天。
风歌浪舞催人醉，筏越暗河身若仙。

七

绿水青山风欲狂，追波逐浪筏微茫。
暗河溶洞较凉爽，浪漫馨波四野芳。
岩洞漂流全国特，红男绿女竞登场。
莫言穷地山鸡瘦，飞上枝头变凤凰。

八

漂流项目暗河开，咏赋吟诗有秀才。
水碧天蓝虎谷翠，蹉跎岁月几徘徊。
流光溢彩神仙境，火树银花入梦来。
石角生花客旅梦，万千蜂蝶把家回。

观 音 谷

（二首）

一

英西峰林观音谷，云石寺址地特殊。
奇石形似观音俏，雍容端庄谷上附。
慈颜善目群峰拥，胸有灵犀明逕扶。
毓秀山川多气概，弘扬佛道振江湖。

二

英西峰林观音谷，奇石得意公正陪。
大圣玄奘西天去，天工造物观音回。
沙僧八戒前后拥，石绿山青伴如来。
雷打雨淋容不改，逍遥自在上天台。

文婆山烽火寨

（十首）

一

峰林巅顶文婆山，山顶天湖非等闲。
昔日太平烽火寨，厉兵秣马镇雄关。
岭路慢行听过雁，改变潮流任务艰。
举戟挥戈展浩气，与峰共醉尽开颜。

二

闲来说事话咸丰，世事朦胧传说中。
岩背文婆峰顶上，花旗烽火几威风。
太平天国太平梦，苦战太平建伟功。
受苦农民齐拥护，举枪拔剑竟英雄。

三

旗山出世入云天，旭日流连不记年。
虎踞龙盘传古韵，钟灵毓秀自天然。
巅峰古寨不堪睹，犹见当年碧血鲜。
寂寂青山可做证，残基旧石泣前贤。

四

旗山默默守南天，旭日多情为我癫。
虎踞龙盘浩气显，钟灵毓秀醉神仙。
太平道路历时远，忠国英贤抱恨眠。
古老文明留特景，先人史迹记心田。

五

碧染天湖绿水功，欣逢盛世话朦胧。
百年幽梦随流水，岩岫烟云锁万重。
再读峰林花月夜，几多往事泪流红。
无端发白鬓霜染，迹没千沟万壑中。

六

拔山气概未消磨，地动山摇奏凯歌。
军寨苔封年代远，硝烟过后说文婆。

古时兵甲进黄土，血迹未干褒贬多。
天国遗留烽火寨，峰林景丽谁吟哦？

七

旗山雄伟危崖巅，气势恢宏顶接天。
遥望东邻千里外，碧飞绿舞白云边。
雁阳关上连江水，三峡浪花咫尺前。
点点星帆推细浪，茫茫云海卷层峦。

八

遥感旗山军寨营，犹闻志士血污腥。
连绵百里干戈地，犹记当年弟与兄。
军寨石阶烽火系，峥嵘岁月鬼神惊。
沧桑数百残阶旧，装点江山万代荣。

九

文婆筑寨未言艰，换代改朝确实难。
奋斗太平征路远，是非成败等闲看。
齐心合力持之恒，一颗丹心映剑寒。
今日举杯放眼望，回眸大地换人间。

十

剑戟刀枪结石阶，旗山挺拔与天齐。
文婆烽火锋芒露，天国义军出广西。
百战未开均等路，南京城郭换花霓。
洪杨不睦苦无计，无数英雄黄土埋。

峰林话明迳

（十首）

一

黄花明迳不寻常，覆地翻天换艳装。
过去窄街脏乱巷，而今路阔楼堂煌。
人行绿道百花灿，铺面型新农亦商。
乡杰驾车逐理想，长江后浪推前浪。

二

明迳风光怪且奇，一潭倒影景迷离。
云缠雾绕山如梦，露湿高崖石作旗。
拔地高楼成客店，街边豆腐可充饥。
多情最是黄花酒，脉脉醉人入翠微。

三

英西峰林话明迳，北大教授感触深。
泼墨题词漓江换，桂林风景明迳吟。
春花秋叶随天意，朝雾晚霞水底沉。
一幅倒影惊天下，千峰情浓动客心。

四

英西峰林话明迳，山翠石碧绿水潺。
和顺传经岩洞唱，将军亮箭自休闲。

艺人叱咤军岭畔，迳影变成桂林山。
古寨古祠村巷窄，石阶弯道筑重关。

五

悠悠岁月何时闲？情寄诗书翰墨间。
书画琴棋情烂漫，色浓彩淡正攻关。
天涯地角谁人识，明迳风光笔底还。
南国峰廊多丽景，人逢盛世乐登山。

六

明迳迳门谁劈开，斧痕未旧车频来。
青苍绿浪满山碧，郁郁葱葱翡翠堆。
公路全程硬底化，马龙车水梦中回。
畅游仙境最潇洒，赤石仙人把轿抬。

七

山清水秀日光欢，石瘦泉穷道路宽。
石迳晚风分外劲，吹翻星斗醉夷蛮。
圩中店铺楼璀璨，万里征帆滩过滩。
月隐星沉夜未去，高歌一曲步邯郸。

八

突兀峰簪画阁开，几多幽水托蓬莱。
峰山碧石风光里，绝壁嶙峋瘦漏陪。
灌得天工鬼斧醉，雕成皱透唤春蕾。
且观明迳罗浮月，熠熠生辉耀镜台。

九

英西明迳好风光，开放峰林逐小康。
国色天香无浊浪，彩脂初抹让人狂。
山川秀丽民居俏，无数乡村变画廊。
万紫千红新气象，碧缠绿系屋生香。

十

云情雨意去回迟，明迳新街百业宜。
晓雾生风云浪漫，轻烟点缀助吟诗。
峰笼碧翠归何处，花艳疏林在此时。
美丽乡村正崛起，横天一笑惹人痴。

公正笔尖山

（二首）

一

黄花公正笔尖山，驻守村缘把左关。
太白金星何用意，特将仙笔化尖山。
铺宣泼墨书南国，种月耕云白石间。
一振雄风争秀气，南天第一壮乡颜。

二

英西峰林笔尖山，坐落公正白石间。
和顺穿岩一山隔，右邻背靠石角湾。
亭亭玉立如金笔，壮志凌云镇五关。
欲绘黄花千百万，挥毫泼墨无时闲。

峰林倒影

（四首）

一

特殊峰山一倒影，如诗如画水山巅。
艺人举镜遂心愿，领尽风骚意万千。
叱咤之间任取向，轻描淡写笔耕田。
停车弃马步轻迈，观景探源水底天。

二

问君何以游峰廊，地角天涯浮上邦。
如画风光如此劲，无须打扮胜仙坊。
南天第一专家赞，明迳漓江倒影藏。
怎表性情怎表意，英姿焕彩镜魔狂。

三

白鹤上天逐月盈，青坑岭上子规鸣。
车轮慢转犹嫌快，抖擞精神发号声。
日月生光水底耀，花红叶绿共峥嵘。
山珍野味何鲜美，哪及峰林倒影馨。

四

自在逍遥倒影神，一潭一影一乾坤。
默默声无皆学问，萧萧韵绿寄清新。
山挥碧色迎归凤，道载轻车不起尘。
柳暗花明目的近，江山不负远游人。

和顺岩

（五首）

一

层岩叠翠三山郁，和顺居岩禅景独。
和顺偈声岩洞哼，了尘建寺观音谷。
朝钟暮鼓震星辰，便使民安邻里睦。
偈颂阿弥念佛经，祈求共享太平福。

二

英西百里画图开，万水千山绿浪堆。
绝壁幽岩通隧道，穿山洞府若瑶台。
自从岩洞作禅穴，和顺信徒佛事开。
后有了尘建佛寺，观音谷里拜如来。

三

穿岩洞窟佛多情，禅那偈经度众生。
岩洞开坛扬佛法，引人向善有真经。
山奇洞怪神仙羡，念句阿弥祈太平。
若问玄关何处是，穿山岩内有磬声。

四

禅僧和顺几艰辛，岩洞修行向太真。
古刹敦岩为众信，黄花此绽顺乾坤。
何时获得菩提果，可与罗浮做近邻。
千里云天拜佛近，英山有梦抖精神。

五

南天奇洞峰林藏，信女善男拜佛忙。
和顺岩居有学问，穿岩事佛洞生光。
黄花礼佛歌千载，宗教自由法有纲。
长啸一声云出岫，千岩万壑破天荒。

漫步黄花峰林

（十二首）

一

英西小镇话黄花，菊浪金波焕彩霞。
卧虎藏龙峰景特，灵螺古阁有人家。
八仙过海地名霸，和顺三山蜃气华。
僻地昏冥言过去，而今瘦石变金娃。

二

满山野菊花黄时，花作地名世上稀。
勇战霜风千万载，依然自若竞芳菲。
镶金嵌银幽香喷，域外蓝睛争猎奇。
明迳山河披绣锦，黄花遍地尽珠玑。

三

蓬莱仙境峰林间，和顺了尘岩洞还。
洞景奢华惊上界，溶岩瘦漏凝重关。

天工有意施灵术，蛮石雕成文笔山。
天上人间谁可敌，江山如此尽开颜。

四

辟地开天盘古齐，仙人抬轿出英西。
观音谷里生云石，打鼓岩泉逐宝溪。
圩仔改称公正委，岗磅塘口马鞍迷。
倒湾水绕铸银洞，陈迹朦胧人少题。

五

龙腾虎跃闯新世，客欲上天步石梯。
谁命阳岩藏宝洞，惠生书记察访题。
昔时储宝隐希冀，招至官兵奋铁蹄。
寄宝寄珍转国运，迷离扑朔如何稽。

六

翻山越径遨峰林，路曲回环耐客寻。
岁月沧桑磨远志，匿藏万世待升沉。
风霜历练坚贞性，皱透偏逢瘦漏淫。
积健为雄成时尚，正宜骚客献丹忱。

七

英西明迳峰奇妙，曲水潺泉玉带飘。
峻岭连绵三县绕，仙山琼阁天工雕。
夏凉冬暖岩溶俏，璀璨杜鹃艳古桥。
劲旅徘徊参不厌，休闲在此享逍遥。

八

喀斯特貌生南国，峰列成林号走廊。
明迳青坑留倒影，石梯石寨恋仙塘。
皇朝西望将军箭，炳烛焚香祈福康。
峰笔情怀白石第，灵溪云石隐僧房。

九

河氹波清吐碧鲜，观音云石镇南天。
八仙过海紫薇现，古堡横空三百年。
和顺住岩布佛道，黑岩四面河溪缠。
黄花特景数不尽，如画峰情满坤乾。

十

往事何堪再回首，峰山质丽气斗牛。
闻鸡起舞雄心在，快马加鞭壮志酬。
岁月晨昏已往事，倥偬叱咤风云愁。
峰林筑就通天路，正是脱贫新坦途。

十一

黄花迤逦数千峰，黄寨矮山镇九龙。
绝壁流云开画卷，仙塘雨后喷芙蓉。
石梯自有倒流水，锅底峰回万鏊钟。
岩背茶熏中南海，峰林崛起路几重。

十二

喀斯特貌风光特，千八奇峰列走廊。
惊世离奇一倒影，竞令骚旅舞枪狂。

鱼坪拔起将军箭，镇守南天慑恶狼。
白石笔峰描菊浪，观音自在谷中藏。

峰林游子留梦

（八首）

一

携妇带儿归故里，吞云吐雾锦霞飞。
河溪两岸峰峦趣，青嶂绿帘作舞台。
轻车踏浪歌声起，游子思乡恋翠薇。
远去他方寻出路，带回发展好时机。

二

黎庶何来致富路？山民下海搏激流。
惊涛骇浪磨人志，路远山高考智谋。
往日雄心蛮劲在，今时好做开荒牛。
大鹏展翅腾飞日。俱进与时竞上游。

三

无须梦里做富翁，千八奇峰何来穷。
新世腾飞日万里，时逢盛世出英雄。
项庄舞剑意何在？网络风行万代红。
岁月峥嵘圆国梦，天骄正与江郎逢。

四

峰林迈步又如何？唱响惊天动地歌。
改革大浪催人奋，怎能偷闲学彩和。

创新步伐日千里，火箭卫星高铁多。
开放峰林乘势起，改天换地壮山河。

五

轻纱薄雾舞翩跹，曲涧弯溪生紫烟。
水绿山青生态美，微风吹过碧波涟。
山边彩阁重重叠，闹市华楼日日添。
开放前沿天地广，神州处处艳阳天。

六

改革开放几十年，山川处处倍增妍。
紧跟时代辟新路，发奋图强意志坚。
骏马奋蹄有几许，风光名胜好赚钱。
兹将峰林装点好，逐鹿三角振南天。

七

千军万马闯雄关，开发旅游掘宝山。
莫道峰林文化少，信风传去壮思还。
补天捧日雄心壮，填海移山只等闲。
明逐漓江诚可换，造成精品惠人间。

八

十万流光修此身，春风得意醉元神。
故园开放客来早，车逐氧吧洗俗尘。
大国新型已上阵，共同命运构思新。
黄花黄寨龙狮舞，日照光移绿水滨。

黄花乡土观感

（十二首）

一

黄花处处峦峰翠，开放旅游战鼓催。
过去珍珠禾秆冚，于今开放彩车回。
莫疑绿柳丝贪水，应信有歌咏雪梅。
美丽乡村何感慨，春光无限暖楼台。

二

人言明迳有神仙，置换漓江出自然。
天上瑶池堪比美，桂林山水敢争妍。
青坑日出下街现，崆仔菊香新妇连。
豆腐质优爽嫩滑，甘香百载炸炆煎。

三

黄花补锅下街仔，明迳剃头石角齐。
岩背山茶黄洞笋，莲藕特粉出乌泥。
新民豆腐黑岩菜，彭氏古祠可学迷。
百担平原洞境阔，通天蜡烛恨天低。

四

公正笔峰直插天，佛僧和顺岩参禅。
镜魔叱咤幻如梦，一扫千军纸作田。
明迳奇观一倒影，青坑岭下一潭偏。
永丰古刹拱桥外，墨淡彩浓新意妍。

五

苍松烂漫绿晶莹，曲水横流欲发声。
百里无云树影碧，秋山新雨日初晴。
长林叶落红先艳，短梦黄花不了情。
万玉千金原瘦石，风调雨顺彩霓明。

六

未曾出世有谁知？北大专家特意垂。
南国奇观封万载，传康教授恨来迟。
峰簪石角有人问，明逐漓江竟可比。
千八奇峰齐上阵，南天第一赛峨眉。

七

游山玩水无尽头，上馆下街几千秋。
作画吟诗与咏赋，骚人为此卖风流。
空劳俊杰往来度，屡闭城关塞慧眸。
重拾童心谋出走，英西一逛胜封侯。

八

峰山处处似瑶台，待客导游特色推。
三度桥头宾馆耸，两边客旅如云来。
黄花地貌少人识，过海八仙去又回。
改革峰廊开放始，陶翁共醉桃花杯。

九

山如壁立路愁穷，车到山前公路通。
倒影奇峰埋水底，寒鸦振翅燕翔空。

秋枫叶落红倚石，河暗洞深天九重。
驰骋峰林如逛梦，洞天仙境又相逢。

十

地下水萦来去曲，高山雾绕矮山茶。
德岗古有石梯在，石角簪峰绽石花。
山寨残基色未改，残基旁侧有人家。
兹从改革观时尚，开放神州风物华。

十一

一轮明月寂无声，静听五更鸡犬鸣。
回忆江湖前路远，坎坷世道党修平。
琼楼秀阁广场俏，阔巷宽街马路成。
盛世春风如梦境，一朝奋斗万年荣。

十二

桃红梨绿总宜人，花落果成气象新。
溪岸堤沿拥绿竹，殷勤映水翠初匀。
山南山北鷓鸪竞，水漫青秧碧影茵。
昨夜东风千万里，杜鹃得意志凌云。

黄 花 水

（四首）

一

峦峰叠叠路途穷，越壁钻窿来去匆。
地下生泉何处去，上天无路镂岩冲。

谁知水力可穿石，左右逢源若悟空。
为辟前途寻出路，献身润泽百花丛。

二

武陵胜景映春山，南国闲泉几度斑。
路曲水弯恋楚驿，溪深月暗追星难。
波瘦浪肥魂梦累，喜忆黄粱一瞬间。
碧万绿千美水妙，欢言把盏尽开颜。

三

常说水往低处流，且言一去不回头。
德岗就有倒流水，醉倒万千骚客眸。
原是地形地貌怪，使人意志被形偷。
杯弓蛇影假中假，以假乱真风景牛。

四

委曲求全何处藏，潜岩裂石未猖狂。
泉源岩下浪波狠，镂石穿山任短长。
烈日熏蒸张气斗，攀星逐月无商量。
春光舞雾萦荒野，万紫千红醉凤凰。

九龙行

（四首）

一

石怪形奇龙虎斑，龙争虎斗自伤残。
风和日丽好风景，何必峨眉比泰山。

瘦石凌空非幻梦，南天第一换新颜。
簪峰石角九龙困，美丽新村盛世还。

二

黄寨荣强小桂林，千军拜将万年沉。
柳垂堤岸花添锦，啼鸟欢歌动客心。
风借彤云笼秀阁，长箫短笛献方音。
苏坑月影三千尺，青帝留思万丈深。

三

峰奇水妍小桂林，欲览丽景英西寻。
玩水何须漓江去，赏峰此有龙角簪。
溪流裂石生画嶂，树上杜鹃鸣瑶琴。
河旁虽无象鼻石，螺山蟹石亦堪吟。

四

荣强山水桂林风，仙境洞天说石窿。
白虎单睛话白石，青龙断角变簪峰。
九龙美景关不住，山矮楼高画千重。
长笛短吹歌热土，美声丽韵又相逢。

黑岩沧桑

（二十首）

一

遥忆黑岩战火摧，秦砖汉瓦尽成灰。
婆娘大哭眼无泪，切齿恨人当首魁。

即便改坑易水道，也难再见旧楼台。
纵然王换改朝代，怎得冤魂活过来。

二

回首黑岩六月霜，围墙炸破断肝肠。
山巅寨所水粮绝，宰马充饥怎久长。
留下残基山做证，谁来撰记诉儿郎。
几多往事几多恨，未得成文刻石方。

三

自古黑岩多虎豹，话来再度使人愁。
残基犹在相传远，履乱曾经数百秋。
黎庶无心寻旧事，花开花落寄风流。
当时上帝太平系，故事居然万劫留。

四

百里峰林百里苍，故园回首路茫茫。
彩车阔路高楼耸，新照难寻旧日装。
近水楼台先得月，莺歌燕舞鸳鸯狂。
眼前风景并非梦，八秩春秋梦一场。

五

话说黑岩故事遥，楼台基奠大明朝。
欣欣富贵八仙照，夜夜笙歌唱舜尧。
腐败潮流不可挡，楼房七二失妖娆。
残基断垣记前事，霸气过时变寂寥。

六

黑岩村古民何纯，浅种深耕忘苦辛。
千亩平川须担役，土砖茅屋咸丰焚。
村前村后高楼立，换地改天万物新。
若问楼台何处是，拭干泪眼诉兹君。

七

兵临城下又能怎，独守空城巧弄琴。
魏将挥军回路去，谁能识破孔明心。
黑岩苦战无兵援，山顶坚持绝地沉。
忠义临危施诈计，险棋一着悲歌吟。

八

天京事变将南归，如箭归心骏马飞。
海角天涯上帝地，黄花城郭使人迷。
叱咤岁月如流水，苦战中原明是非。
已往无文作史记，眼前景物尽珠玑。

九

相传昔日故园第，锦幄灯明夜夜春。
村后村前土路上，车轮碾过起微尘。
黑岩埋下几多恨，七十二楼毁官军。
祸出权门几走狗，贪官污吏杀平民。

十

铁壁铜关何地浮，黑岩村寨话群楼。
风花雪月迷君志，僻地山夫无远忧。

七十二楼够气派，纵横百里声名牛。
几声巨响楼台毁，兵洗黑岩横祸流。

十一

黑岩岩黑天然酬，南国国雄连古都。
七十二楼拔地起，黑岩骄子未封侯。
村周碧水恋岩岫，洞里幽河水曲流。
“明惠商户”归北斗，百年风光百年愁。

十二

遥思故里几迂回，宅毁村摧几度哀。
易水改堤重立宅，水随村转山边开。
咸丰世乱难应对，腐败官兵嫁祸来。
嗟叹山民无力阻，劫家焚舍瓦成灰。

十三

县官接状何惧然，因畏恶人手遮天。
无法无天诸侯剑，几多无罪被斩先。
连兹无奈逃清远，逃命唯将快马鞭。
黎庶每思当日事，泪成滂雨淌千年。

十四

风水吹生地理翅，八仙过海惹人痴。
小陵却步非酒淡，后世有人举征旗。
进士芝荣岩洞览，即时泼墨壁留诗。
县令文浩撰佳句，“今古奇观”岩顶书。

十五

八仙过海何生恨，楼毁基存留泪痕。
噩梦缠绵又几许，改坑希望转乾坤。
太平天国功未就，惨败蓝山苦天军。
退守黑岩战百日，官军腐败造冤魂。

十六

常怀往事话清廷，吏恶官贪恶满盈。
腐败朝廷民做匪，咸丰世乱怎安宁。
黑岩洞阔操兵急，铁马金戈奋太平。
军号战鼓震天响，至今犹闻喊杀声。

十七

闯军晚败楼成粉，莫怨楼台为祸根。
天国反清遇阻滞，官兵狂剿大将军。
逃奔黑岩摆战阵，嗟叹黎庶变冤魂。
噩梦缠绵拂不去，皇天无计慰乡亲。

十八

太平军寨气如虹，处处设防枉用功。
脚乱蓝山乱尺度，心慌意乱黄花冲。
黑岩百日战犹勇，攻破围墙梦幻穷。
山顶寨孤无外援，断粮绝水困英雄。

十九

时逢改革乾坤转，重拾兰心踱故园。
离别多年古寨巷，霉苔霸道壁生萱。

几间欲倒泥砖屋，苦苦支撑能几年？
建设新村易址去，往时沧海已桑田。

二十

重踏故园旧巷前，心中百感似油煎。
村容破败道蓬塞，土壁残墙尽倒颠。
水阁云天难入画，古村厨屋早无烟。
原来旧户徙新址，崛起高楼造舜天。

梓里拾梦

（十六首）

一

桃红梨绿总宜人，花落花开也是春。
两岸河堤新竹绿，欣勤映水翠初匀。
山南山北鹧鸪竞，水漫青秧碧影茵。
昨夜东风萦故里，杜鹃得意志凌云。

二

满山诗画满山花，水底峰峦隐我家。
欲向山头独把盏，天边落日恋红霞。
几番新雨花潜泪，一阵温风醉老鸦。
白发顽童何处去，登楼研墨画西瓜。

三

谁说好诗唐时尽，江郎过后诗更新。
百花齐放催人奋，华夏振兴捷报频。

发奋图强圆国梦，自强不息转乾坤。
讴歌改革人为本，谱写峰林万年春。

四

黄花落日恋高松，故里新楼又几重。
皓月何争灯火灿，歌声唤起满城风。
车来车往催天亮，燕舞莺歌招蝶蜂。
世纪尖峰云外耸，心雄志壮与人同。

五

几点青峰几点烟，烟弥峰隐白云缠。
白云生处青峰现，青岫云缠峰插天。
改革春风催人奋，殷勤烟雨泽卉鲜。
峰山喷绿如朋愿，你逛峰林我种田。

六

峰林转运山鸡壮，飞上枝头变凤凰。
世纪中兴圆国梦，脱贫致富齐奔康。
无烟工厂成时尚，开发峰林掘宝忙。
人类命运自己握，金山银山满峰廊。

七

万里银河浪滔天，云桥未架喜鹊连。
多情牛女感天地，天上人间好梦圆。
盛世市民钟瘦石，游山玩水学神仙。
千峰造就崎岖路，一展宏图辉万年。

八

千峰竞秀绽黄花，地角天涯有我家。
水妙山玄胜似画，连绵百里尽奇葩。
人皆崇拜真名士，万世传文大作家。
瘦石虽贫犹胜画，正逢开放变金娃。

九

往来车马何匆匆，彩蝶穿街舞晓风。
水底新楼盖旧韵，朱门轩外杜鹃红。
玄峰怪石三千岫，菊野花黄香味浓。
节前节后日初起，车水马龙震太空。

十

千峰万壑叠重关，猎胜探奇何畏难。
怪石生成拦路虎，离奇洞穴吞流泉。
梯田岭地拥溪涧，路曲山高绿水潺。
梓里依稀梦古寨，风光无限几回环。

十一

如狮如象如龙翔，如画如诗进梦乡。
如此峰山何处是，天姿国色英西藏。
崩云烈日旅游热，四野郁香蜂蝶狂。
画意诗情牵墨客，洞天仙境醉江郎。

十二

红叶萧萧秋路久，黄花菊浪染金秋。
天长水远车行疾，柳翠风和美彩楼。

寒气初飞霜未结，新鲜豆腐拌香油。
山圩不夜华灯耀，客旅偕朋相竞投。

十三

突兀嶙峋出世迟，天生丽质胜仙姬。
群峰百里千山列，空碧无云万石倚。
明逐桂林谁个借，此中奥秘有谁知。
来看水底生明月，地角天涯共此时。

十四

观音云石绿泉潺，绝壁芙蓉缥缈间。
如此江山谁瞩眺，古时驿路几重关。
攀崖越谷翻岩岫，登顶远瞻蜡烛山。
百载荒原蓬草漫，栽花植木造休闲。

十五

白鹤笙箫又几番，骚人戏借桂林山。
万千墨客恨车慢，驰向深山慰白鹇。
车水马龙成特景，三更明月伴云还。
犹如商贾赶晨集，个个争先抢档摊。

十六

浮图七级筑英西，南国初晴雾恋溪。
绿水萦岩幽浪急，未知归鸟为谁啼。
垂杨晚影登村寨，菁蔓喜攀绝壁崖。
转眼花迎新世界，倚栏翘首觅诗题。

梦绕峰林感慨深

（五首）

一

莺声静听早忘饥，却羡山坑鱼鳖肥。
应梦犹能随意得，切身处地猎稀奇。
千年万载川溪改，璀璨华楼迎客归。
石壁天梯如幻象，文婆巅顶石阶飞。

二

猎奇览胜英西游，丹染杜鹃醉客途。
土著何时成宰相，古来天道为勤酬。
传康踏破铁鞋处，力举峰林上层楼。
赞句题词争霸气，南天第一竞风流。

三

炼石淘沙赤子心，千年万载泪沾襟。
何时能补金瓯缺，潜海飞天盛世吟。
且看灵螺祠宇俏，荒原野菊艳秋金。
诚将明迳桂林换，墨客骚人用意深。

四

盛世咏诗赋峰林，峰林无处不可吟。
黄花连片古军寨，一石一砖价逾金。
古寨基残浩气在，残基刻录古人心。
一岩一洞传道义，化作悲歌证丹沉。

五

燕舞莺歌话峰林，奇山怪水记忆深。
前朝多少盛衰事，化入笔端作画临。
客旅匆匆车马急，游人兴起日西沉。
置家留寨传古信，唤雨呼风诉知音。

九 龙 吟

（三首）

一

九龙闹市系山圩，金造河堤恋柳丝。
越壁登峰放眼眺，芳烟缠绕古村时。
方闻黄寨虎龙斗，又说苏坑照镜鱼。
镇北矮山哨所趣，龙潭虎穴神仙居。

二

黄寨九龙丽景多，洞天仙境苏坑河。
碧潭深处有龙潜，放眼乾坤诱客哦。
霜染枫林红百里，蜂飞蝶舞白云和。
猎奇南国金秋艳，百里奇峰百里歌。

三

百折溪旋百姓家，层峦叠翠接流霞。
洞天仙境惊天下，虎斗龙争正叱咤。
断壁残墙记旧事，如闻号角震胡笳。
空山旧寨咸丰事，文化遗留益倍加。

故地重游

（四首）

一

故里墙崩似废圩，旧时村落变蓬庐。
画山无意写凡鸟，享誉南天第一居。
鸦鹊画眉啼古巷，荒庭乱草无人锄。
改革放开振兴日，日照华楼歌舞初。

二

层层叠叠几青峰，举镜叱咤载玉容。
河岸杜鹃映日淡，新街高路车生风。
山横水曲疑无路，作画赋诗竹在胸。
游子归家人做客，乡思无尽意重重。

三

洞特峰奇石可亲，骚人墨客此失眠。
翻山越岭何知累，跃上亭台逗紫云。
举笔抒心描日出，施红着绿画图新。
等闲自去群鸦噪，谁共唤来砺剑人。

四

低湾绿水绕清晨，高屋矮篱碧浪吞。
新雨侵堤有学问，旧风咏唱醉星云。
宽街阔巷车轮滚，楼阁亭台气象新。
美丽南天第一步，欣逢改革造乾坤。

梦萦故里

（八首）

一

疏林何事畏霜梦，红叶纷飞笑金风。
瘦骨梅花为雪醉，山鸡踏舞庆年丰。
黄花豆腐甘泉酿，四季鲜花香正浓。
水碧天蓝天不夜，高歌九域九州同。

二

英西峰林特景多，岩洞绝壁种仙荷。
美丽乡村景物俏，青波绿浪碧山和。
涟漪浩荡罗浮伏，谷壑沟深幽水磨。
小镇新村处处美，旅游开发满河歌。

三

开发旅游追好梦，峥嵘岁月步巅峰。
骚人墨客情怀动，逐影追形魔镜功。
协力同心添艺翅，小池虽浅可藏龙。
黄花古道层峦叠，虎跃龙腾万古风。

四

黄花山水桂林借，誉满南天第一夸。
兀突奇峰溢仙气，禅僧和顺岩作家。
千峰竞秀岩溶特，百壑争流浪卷沙。
绝壁凌空倚太极，玄泉破石走天涯。

五

黄花迳暗迳笼山，公正圩缠街傍湾。
和顺岩前开一战，弹痕累累印三山。
枪林弹雨成往事，径隘谷幽残崖关。
石壁霉苔碧影倩，沙场有恨遗乡间。

六

黄花明迳何许身，敢与桂林竞芳芬。
南国峰林特色浩，山青水绿醉乾坤。
时贤俊杰登高眺，泼墨遣文涤俗尘。
色泼纸间临秀石，尽倾豪彩绘阳春。

七

月照峰林万树苍，星云拱月恋家邦。
风生水起波生浪，犹助南天奔小康。
秋日满山金菊绽，香花映鸟竞芳菲。
和谐世界眼前亮，好梦多磨心底藏。

八

乡间新楼倚石林，山拥水抱绿荫深。
碧树荒丛飞禽霸，风歌浪舞日西沉。
溪弯路曲景奇趣，万紫千红动客心。
日落云旋堪作赋，东西南北任君吟。

话 溪 村

（四首）

一

闲来无事话溪村，九曲河溪十八渊。
岩口仙泉板下钻，隔塘洛仔中心连。
溪沿村转遂溪愿，云石观音鬼斧玄。
岗磅祠堂相对望，炊烟绕雾几缠绵。

二

马鞍赤石夹溪村，混沌初开地貌神。
千万嶙峋生石笋，了尘建寺铸僧魂。
鱼笼斜对大塘面，村寨高楼款式新。
抬轿仙人爱打鼓，彩舟乐为暗河吞。

三

村头日出半天红，村尾月沉满巷风。
村后村前碧绿拥，左邻右舍脱贫穷。
改革开放辟新路，山乡振兴乘势冲。
溪村如此多娇艳，崛起桑麻如画同。

四

溪村焕彩守英西，暖日慰花布谷啼。
景物横空惊盛世，洪流水浩伏金堤。
峰随水转愁无路，瘦石逶迤隘险齐。
庙宇晨钟歌逸趣，山鸡变凤闯天涯。

永丰庙

（二首）

一

英西峰林永丰庙，坐落明迳第久山。
始建时年清同治，雕梁画栋色彩斑。
造型结构较大气，圣寿无疆耀神坛。
前后两栋夹一井，殿前弯溪碧波潺。

二

英西黄花永丰庙，东侧百尺石拱桥。
石砌拱桥南北跨，钟灵菩萨拥新朝。
每逢打醮拜神庙，祈祷拜神有绝招。
信善虔诚发上愿，民安国泰尽逍遥。

飞马庙

（二首）

一

白马精忠入史载，德岗有庙纪其功。
仁心侠骨今安在，喋血沙场展国风。
飞马横空何感动，将军义勇若关公。
马通人性惊天下，史迹长留万代雄。

二

飞马神奇筑庙记，怀贤堂上好陈词。
民安国泰灵神赐，雨顺风调圣德持。
参拜神灵祈福祉，精忠庙上满堂诗。
将军美德千秋在，马援精神万世垂。

三 帝 庙

（二首）

一

黄花明迳三帝庙，三帝降临吉星照。
关帝南帝北帝齐，百年风云黄花俏。
乡村怀古兆丰年，三帝神灵百载曜。
社会和谐不夜宵，万民欢乐福中笑。

二

黄花明迳三帝庙，三帝显灵岁华新。
振国兴邦光盛世，丰功伟绩万年春。
多情最是怀贤哲，风雨飘摇还可亲。
传统文化数千载，推陈出新启后人。

聚螺庙

（二首）

一

黄花新民聚螺庙，廿五菩萨齐竞歌。
山抱泉环井水后，天和地合阿弥陀。
一杯俗酒嗟文化，百姓人家共唱和。
峻岭崇高离天近，螺峰峻俏秀气多。

二

黄花新民聚螺庙，小巧别致神圣明。
新旧持之贵以恒，真心祈祷福常盈。
梦追岁月行犹远，神在江湖灵气生。
把酒聚螺舒日韵，求神祈福共峥嵘。

黄花醮

（二首）

一

英西峰林黄花醮，醮义开打未折腰。
醮义传承存正气，和谐社会民风调。
非遗文化扬英杰，颂德歌功倡纪要。
千古流传程式健，名扬天下逐琼瑶。

二

英西峰林黄花醮，三日四夜香火曜。
念咒诵经拜圣贤，又喃又唱道家调。
刀山火炼绝伦功，入化出神情节妙。
教授专家齐到场，赞称醮义非遗俏。

黄花新民

（四首）

一

英西黄花话新民，义利雅子禾谷亲。
峰石如禽如刀剑，千姿百态竞天真。
玲珑娇小绿茵困，欲向九霄追国魂。
峰岫有冤无处雪，只能面壁说昆仑。

二

英西峰林新民村，井水新妇守后园。
日读诗书夜织锦，仙山绿隐醉黄昏。
传情短讯红如火，多少风波碧浪吞。
天道酬勤何必问，新民迈进小康门。

三

新民改革现新风，美丽乡村蛇变龙。
百寨千村美似画，江山如此正昌隆。
多娇特景灿如梦，无限风光处处同。
花落花开春永在，廉明公正万民崇。

四

飞借桂林明迳拥，新民化作满天红。
老区焕彩平常事，开放新民盛世功。
井水村边新妇石，乘风踏浪展娇容。
江山如画旅游热，致富奔康圆国梦。

矮山小哨楼

（四首）

一

英西九龙小哨楼，侍立圩北矮山头。
四面开窗宜览景，观星赏月眺云涛。
昔逢乱世作哨所，今日与时竞风流。
小景玲珑形独特，春风一夜绿如油。

二

英西九龙小哨楼，坐落黄寨乐悠悠。
山矮景玄哨楼小，一花独秀醉人眸。
矮山俏妙半天凸，楼瘦云肥千片浮。
虎跃龙腾欣盛世，蜂飞蝶舞自风流。

三

矮山默默守圩边，巅顶哨楼栋接天。
试问世间有几许，峰林特景数千千。
楼倚闹市不孤独，绿隐杜鹃白石前。
墨客骚人喜作赋，红男绿女舞翩跹。

四

待侍圩边难做梦，矮山哨所欲腾空。
闲时不用唯沉睡，或向天公诉苦衷。
乱世九龙多变幻，鱼龙夹杂祸无穷。
匪侵绅扰治安坏，小小哨楼可静风。

黄花英石林

（二首）

一

英西黄花英石林，十万岁月人间沉。
似是仙姬迎帝主，丹墀曼舞庆甘霖。
亭亭玉立逞娇气，楚楚姿容动客心。
得与阳岩同携手，瘦山又见石浮金。

二

英西黄花英石林，瘦透皱漏似仙簪。
相对无情却有义，主人重视即黄金。
何年何代栽仙笋，身在荒原几许沉。
弹指光阴又盛世，厉兵秣马献丹心。

神 仙 塘

（二首）

一

英西峰林神仙塘，山明水秀无处藏。
冬暖夏凉何对错，多情难得凤求凰。
若然玉帝好心地，不致老龙乱撞塘。
幸得深溪泉眼大，漂流发电造风光。

二

英西峰林神仙塘，山碧水绿凤恋凰。
鸟语花香仙气荡，琼楼杰阁换新妆。
冲锋号角震天响，改革风帆正起航。
中国进军现代化，黄花占尽神仙光。

永丰石拱

（四首）

一

一桥飞架两山间，千块石砖一拱闲。
称号赵州桥第二，山溪水缓有桥关。
洪来涛吼激流急，固若金汤似泰山。
一泻惊涛千里去，稳如磐石尽欢颜。

二

永丰石拱横村前，石拱跨河拱半圆。
翠竹疏松自检点，弯溪曲水若茫然。
青波绿浪随山静，碧石山环喷绿泉。
深谷桥横天堑处，牛郎织女醉春烟。

三

横坑两岸竹兰鲜，除却峰山就是田。
一峡中间垒石拱，赵州第二桥新然。
骑牛桥上吹箫过，倒影人儿画若仙。
斗艳争奇谁亮剑，劲歌一曲唱千年。

四

永丰桥上唱山歌，秋夜霜风无奈何。
鸿雁知令归北地，黄花无雪笑当初。
香枫红叶为谁舞，豆腐三更苦石磨。
正是连绵多喜事，东村琴瑟西村和。

黄花解放战三山

（二首）

一

明迳仙泉日夜流，黄花解放劲歌讴。
英雄烈士丰碑里，伟绩丰功万古留。
浩气长存永不朽，流芳百世耀千秋。
高风节亮垂青史，青史留名励后猷。

二

和顺村前旧树林，三军布阵气森沉。
大军压境三江涌，战马嘶风九域阴。
弹雨枪林裂敌胆，山摇地动寒匪心。
英雄浩气千秋在，青史留名昭古今。

德岗都

（四首）

一

黄花岩背德岗都，绿树幽兰伴草庐。
即便称都圩不大，而今崛起几高楼。
近邻庙宇有灵圣，朝鼓暮钟气斗牛。
更有石梯数百级，可供客旅登天游。

二

英西峰林德岗都，昔日食水贵过油。
都址山高多地漏，十年九旱村民愁。
文婆水库为民筑，万户千家通水喉。
若要参观倒流水，德岗尽见水倒流。

三

云红树绿几千秋，岩背德岗话古都。
天国雄风早已去，山人莫为杞人忧。
连环军寨太平路，断壁残基万古留。
往事伤心化智慧，春风得意黄花酬。

四

呼友唤朋逸兴催，德岗都市已成灰。
穿山过寨说今古，北雁南飞自往来。
梁柱遗留多少恨，秀全空羡翼王才。
梦方入夜何先觉，今有黄花盛世开。

岩背茶

（二首）

一

山茶喷雾天门开，村妇背篓踏露来。
阵阵清风摇绿浪，霞光万道晓阳裁。
波青浪碧茗香醉，似燕姑娘舞绿苔。
正品英红茶九号，新茗飞进钓鱼台。

二

岩雾茶园绿婆娑，劈山耕种苦村哥。
施肥翻土修枝叶，细作精耕又几何。
春到人间嫩绿叶，制成上品万千箩。
香茗高贵高身价，一路春风一路歌。

阳岩藏宝洞

（十首）

一

寂寂阳岩扛使命，灵蛇守洞天生成。
五厅四殿如幻影，六岔八支列画屏。
洞积平方超廿万，洞藏珠宝费经营。
咸丰残梦水中月，青史留痕忆太平。

二

峰山绣锦撩星云，山下洞溶惊世闻。
主洞厅宽支洞特，洞中有洞乱元神。
阳岩藏宝扬天下，腐败贪官珠宝吞。
洞里埋藏千古恨，灵蛇迎客点头频。

三

星光熠熠客徘徊，仙女散花岩顶来。
万里云空挥舞袖，满天星斗任风推。
水帘洞外拜师景，也是天工鬼斧裁。
藏宝阳岩多诡秘，宝珠变作贪官财。

四

阳岩名胜洞中山，塞北风光透漏关。
沙漠草原连瀑布，叮咚钟乳无时闲。
梯田村舍小皇帝，一步行岩十景还。
石壁天梯一栈道，蓬莱仙境洞天间。

五

英西峰林阳岩洞，洞积廿万举世雄。
扑朔迷离藏奥秘，洞溶深邃阳山通。
曾经天国藏珠宝，欲助义军出广东。
洞内玄关终带恨，天机算尽总成空。

六

中华巨洞数阳岩，天国天军为宝监。
宝洞离奇钟乳怪，风情万种又深潭。
洞中又洞不胜数，洞外飞霞撩青岚。
洞景洞容难述诉，万千歌韵入诗篮。

七

阳岩坐落德岗左，雨打霜摧未蹉跎。
洞穴堂皇深莫测，仙宫琼阁万年和。
层峦怪岫洞中锁，石壁生辉耀帝娥。
倾国倾城一国宝，黄花璀璨载欢歌。

八

贵州巨穴苗厅伟，岩背阳岩藏宝奇。
洞积平方廿万阔，流光溢彩伴云飞。
金箍大棒悟空舞，罗汉峥嵘载誉归。
藏匿太平天国宝，名留青史立丰碑。

九

阳岩曲路上西关，绝壁断崖留血斑。
岁月沧桑埋旧恨，几多白骨隐深山。

若缘磴道阳岩去，犹见当年古寨残。
幽石何堪追往事，德岗怪水倒流还。

十

争风吃醋恨无穷，细说从前忆旧容。
故地重游惊客梦，天梯栈道出天工。
岩垂钟乳泪如雨，物惹相思意万重。
遥想太平天国梦，世间流水尽朝东。

洞天仙境

（五首）

一

山明水趣十万年，水要穿岩岩穿天。
归雁声声催客醉，熏风习习绿氧鲜。
洞中陆岛石花艳，蜂蝶娉婷弄舞翩。
如此江山谁不羡，洞天仙境尽娇妍。

二

仙境洞天盛世浮，幽岩暗壑上层楼。
玄源水曲凝潇洒，竖洞穿天望月钩。
绝壁黄花寻买主，神龟迎客自优游。
仙荷已露尖尖角，正待蜻蜓立上头。

三

绿浪穿岩澜雾馨，微波轻漾水多情。
洞天仙洞穿天外，龙舌滴涎仙气盈。

天狗无声叹寂寞，贵宾光顾观音迎。
星光照亮红蛙壁，无限风光入画屏。

四

黄花一水向南冲，镂石穿岩舞九龙。
劈石开山谋出路，竖通天外直消洪。
清流接客微波送，壁上黄花水底松。
石窟清幽形富丽，神仙洞府赛天宫。

五

仙洞何时鬼斧开，洞前洞后斧痕堆。
洞通南北穿天外，碧水潺流自北来。
钟乳万千形怪异，鱼儿逐浪戏波回。
游岩猎胜何知累，一曲高歌八斗才。

峰林古战场

（五首）

一

英西峰林古战场，操戟陈炮锁连江。
忠国将军踞险地，厉兵秣马举旗忙。
清廷屡屡挥兵剿，激起义军火铳狂。
村寨作屏山作嶂，遗留古迹与天长。

二

英西黑岩古战场，石契乢至黄坭塘。
村背山巅古寨所，两番交战无商量。

清初一战楼台毁，再战咸丰雪上霜。
残壁断墙何嗟叹，几经风雨几断肠。

三

置家古巷涌心中，石室残墙留古风。
山地霉苔难押韵，青霜白雪映芙蓉。
寨门欲铸太平梦，古巷无松忆旧容。
昔把义军作匪贼，沙场残迹尚朦胧。

四

锦绣山河明迳浒，清廷腐政荡风雨。
金田风浪卷黄花，斩怪除妖我做主。
历尽艰辛战太平，养精蓄锐大刀舞。
黄花石寨作沙场，欲解农民长受苦。

五

天国苍茫霸业沉，峰林山色变阴森。
黄花寨古墙残处，数百沧桑蓬草侵。
战地空留义士血，凄风楚雨寄伤心。
宜将历史之文化，化作江山遍地金。

黄花古寺

（五首）

一

了尘建寺观音谷，和顺设坛岩洞光。
黄帝轩辕尧舜享，花团锦簇与天长。

江河水曲景架势，菩萨金身进佛堂。
古刹易居云石寺，百花拥佛竞风流。

二

英西峰林云石寺，云石伴寺得天时。
寺构大清雍正始，曾经世乱遭荒之。
残基断垣破钟旧，吹落黄花入翠池。
重建落成香火盛，朝钟暮鼓恨来迟。

三

观音谷里一云石，释觉修行和尚倾。
路转峰回景烂漫，僧魂拥佛石多情。
先登觉岸释和顺，后到了尘造瑶琼。
水曲山环石系石，阿弥偈唱几蓬瀛。

四

古寺重兴嗟路远，如来风雅观音闲。
举头望月三千里，寺静殿幽觉岸还。
曲水暗流难测底，人情世故万重山。
烧香拜佛留佳话，谁说人间行善难。

五

雅子山峦峰九重，喀斯特貌出天工。
光明寺宇再重建，世界僧徒在此逢。
明迳峰廊文化特，人间仙境梦悬空。
观音云石伴流水，佛法回归复旧容。

野　菊

（三首）

一

嶙峋瘦骨遨秋冬，甘与寒梅战雪风。
不去都城谋出路，无私无畏献芳容。
幽香占尽崎岖地，愿与木棉聚广东。
飞落峰林赏雅韵，高风亮节寄初衷。

二

黄花昂首笑秋冬，壮志凌云欲挽弓。
敢与牡丹争斗艳，又能默默守芳容。
骚人墨客赞不绝，秉性坚贞不称雄。
宜赋宜诗亦宜画，一身正气亮节风。

三

习习金风明迳狂，潺潺流水草苍苍。
谁能摘得三秋月，与我登楼过短墙。
友驾新车行渐近，斜阳一抹漫梳妆。
绿波金浪隐深涧，出岫白云见热肠。

中　秋

金风飒飒送归雁，流水潺潺过五关。
东岭枫红木叶落，西山日出无时闲。
上京路上逢知己，人在江湖夜未阑。
谨记人生好去处，中秋皓月照家山。

天　湖

老藤峭壁争高危，水色滔天未漫堤。
浪静风清云绣锦，笔轻纸重画无题。
天湖风物最原始，千万泉源汇涧溪。
登顶居高眺远景，大鹏展翅恨天低。

山口《志俊公祠》

山口荫浓数百秋，红灯高照照风流。
族人喜说珠玑事，史上俊贤底气遒。
不息自强好榜样，与时俱进胜封侯。
夏阳安定发枝叶，天下栋梁撑九州。

忆故里

疏林峭壁耸云天，绿染江山十万年。
汩汩玄泉腾紫气，盈盈怪水地窿蜷。
奇山异水入诗韵，桑梓情深赋万千。
欲住旧寮求解闷，一方神佛一方仙。

古稀感怀

（五首）

一

弹指瞬间逾古稀，生逢乱世愿难祈。
寒窗九载未成学，浪迹江湖为肚饥。
一把砖刀两把尺，砖随刀舞治米归。
途中试弄鸭嘴笔，学海无涯竞芳菲。

二

年横古稀念未空，心往神驰不追风。
书画琴棋培兴趣，老来学笛不争功。
如烟往事应总结，平淡生涯乐无穷。
莫叹桑榆近傍晚，蔚霞满天尚从容。

三

往事回首古稀后，而今腰软雪罩头。
搁鞍弃马雄心累，忽见西山舞倦鸥。

叱咤倥偬已往事，晨昏岁月付东流。
青春一去万千里，唯望平安是坦途。

四

徜徉一束无花果，豪诵环回感世深。
岁月沧桑资启迪，行藏出处见升沉。
风霜历练坚贞性，爱好偏惭翰墨林。
积健为雄成时尚，恨无余热献丹忱。

五

改革开放年复年，英西峰林倍增妍。
中华大地成热土，经济振兴史无前。
落后必须要争气，风景名胜就是钱。
特区花园办得好，追逐三角勇加鞭。

英西峰林好风光

（二十）

一

英西峰林好风光，一步十景如画廊。
漫步峰林神气爽，山乡僻壤景琳琅。
琳琅百里瑶池地，世外桃源画里藏。
一步十景如画廊，英西峰林好风光。

二

英西峰林好风光，一步十景如画廊。
踱步峰林第一感，新鲜氧气醉肝肠。

蓝天万里稀云薄，水绿山青极目苍。
一步十景如画廊，英西峰林好风光。

三

英西峰林好风光，一步十景如画廊。
车到山前疑无路，人如身至艺殿堂。
峰奇石趣催人醉，作赋吟诗任疯狂。
一步十景如画廊，英西峰林好风光。

四

英四峰林好风光，一步十景如画廊。
封闭亿年旅游港，千峰万壑披绿装。
亭亭玉立峰峦美，若舞若飞若翱翔。
一步十景如画廊，英西峰林好风光。

五

英西峰林好风光。一步十景如画廊。
改革开放大门启，峰林美名四海扬。
传康教授灵犀献，穷地山鸡变凤凰。
一步十景如画廊，英西峰林好风光。

六

英西峰林好风光，一步十景如画廊。
春日峰林四顾盼，漫山遍野百花香。
峰苍石怪纳知鸟，鹤立新田耘绿秧。
一步十景如画廊，英西峰林好风光。

七

英西峰林好风光，一步十景如画廊。
夏日峰林暑不暑，南风傍雨好相量。
莲荷怒放香溢野，万亩稻香绽金黄。
一步十景如画廊，英西峰林好风光。

八

英西峰林好风光，一步十景如画廊。
秋日峰林天气爽，漫山野菊翻金浪。
黄花美名由此得，黄寨称谓始成章。
一步十景如画廊，英西峰林好风光。

九

英西峰林好风光，一步十景如画廊。
冬日峰林无雪到，梅花弄俏万年长。
危松翠竹恋丹壁，白雾皑霜伴柳杨。
一步十景如画廊，英西峰林好风光。

十

英西峰林好风光，一步十景如画廊。
虎跃龙腾奔马怪，泉潺曲涧水流湘。
岩巉壁峭紫薇栽，玉宇琼楼抹地荒。
一步十景如画廊，英西峰林好风光。

十一

英西峰林好风光，一步十景如画廊。
明迳秀峰桂林借，石林更比贵州强。

岩溶洞积超苗厅，玉宇琼楼地下藏。
一步十景如画廊，英西峰林好风光。

十二

英西峰林好风光，一步十景如画廊。
云石观音风景特，灵溪水绿铸金刚。
仙人抬轿献国宝，筑寨铸银彦生狂。
一步十景如画廊，英西峰林好风光。

十三

英西峰林好风光，一步十景如画廊。
欲识庐山真面目，洞天仙境细端详。
追山逐岭乘风去，欲解黄花慢品尝。
一步十景如画廊，英西峰林好风光。

十四

英西峰林好风光，一步十景如画廊。
曲径回环路窄小，溪缠水绕纪沧桑。
山明水暗难看透，此地曾经我故乡。
一步十景如画廊，英西峰林好风光。

十五

英西峰林如风光，一步十景如画廊。
鸟瞰英西梦幻荡，几回梦入武陵乡。
茫茫峰海绪思放，叠叠层峦怪景藏。
一步十景如画廊，英西峰林好风光。

十六

英西峰林好风光，一步十景如画廊。
欲去黄花寻仙景，阳岩绝地出德岗。
石梯栈道谁设计，易守难攻若金汤。
一步十景如画廊，英西峰林好风光。

十七

英西峰林好风光，一步十景如画廊。
石笋惊天何处现，天皇宫里早张扬。
南天守户有仙犬，威震中南静海疆。
一步十景如画廊，英西峰林好风光。

十八

英西峰林好风光，一步十景如画廊。
奇景天生扬万里，南天第一出传康。
人间仙境明迳聚，世外桃源胜苏杭。
一步十景如画廊，英西峰林好风光。

十九

英西峰林好风光，一步十景如画廊。
岩洞漂流全国首，美名被誉为漂王。
百转千旋流水急，磨胆炼身锻肝肠。
一步十景如画廊，英西峰林好风光。

二十

英西峰林好风光，一步十景如画廊。
岩背山高特土壤，云开雾散吐茶香。

地灵水秀碧芳野，云雾尖茶名久扬。
一步十景如画廊，英西峰林好风光。

穿天岩

（四首）

一

龙角苏坑留，峰簪锁逝流。
穿岩天井阔，浩气此中浮。
雁过嘘声远，月明鱼上钩。
游岩逆水上，好景在前头。

二

仙境洞天初，天窗映绿荷。
熏风吹上界，星斗耀苏河。
世乱虎龙饿，夜长厉鬼多。
穿岩逢盛世，旧水逐新波。

三

仙境九龙吟，洞天黄寨沉。
青龙白虎斗，煞费天工心。
岩内流泉古，红蛙宿石林。
鹊圆牛女愿，童子拜观音。

四

后花园景牛，开放上层楼。
独特峰千叠，洞天仙境留。

岩溶通南北，逆水可荡舟。
竖洞穷天外，奇观似梦游。

小 矮 山

（三首）

一

墟北山虽矮，依然巅接天。
峰儿身段俏，与世舞蹁跹。
顶上筑哨所，构形监防先。
太平兴盛世，仍旧守圩边。

二

九龙一矮山，哨所渐消闲。
貌特形娇俏，功能慑匪奸。
古圩银甲亮，威震武陵关。
黄寨峰崖灿，英西仙境还。

三

矮山作九龙，傲立画廊中。
影短浮光妙，何曾命运同。
高低完体面，日夜撩苍穹。
仙境洞天吻，南天第一崇。

英西峰林水

（十二首）

一

水愁无处去，为有岩溶冲。
异景生南国，何言创意穷。
俗尘浩水涤，明月导清风。
仙境有谁造，当然鬼斧工。

二

英西峰林水，闯荡别用心。
既有冲天志，见缝又插针。
钻岩谋出路，何畏洞幽深。
镂石穿绝壁，誓将海河寻。

三

英西峰林水，志向地底沉。
村寨阳关道，断崖飞瀑侵。
倒流水出世，僻地惹人寻。
千里烟波起，几翻动客心。

四

英西峰林水，飞瀑绝壁关。
四面层峦叠，八方出海难。
轻波欲透石，舞浪难逞蛮。
遁地战阴府，穿岩越万山。

五

英西峰林水，似去又复回。
出海为圆梦，登楼盛世催。
甘泉酿豆腐，美味上餐台。
灌溉滋田地，威风八面来。

六

英西峰林水，泉碧绿映溪。
天上银丝下，曲河波涌堤。
观音云石寺，玉液禅声迷。
一曲菩提诵，了尘和顺齐。

七

英西峰林水，路曲无直途。
镂石越岩岫，风狂千万秋。
喀斯特貌旧，瘦漏献新猷。
出路在我选，逐波也风流。

八

英西风林水，南去不向西。
虽受洞窿困，穿岩下石梯。
钻山裂石壁，圆梦伏金堤。
一泻落千丈，发光亮彩霓。

九

独特黄花水，珠江源始流。
万年镂碣石，一喷上高楼。

朝接红阳出，夕迎白雾收。
穿山遁地去，舞浪几千秋。

十

奇石叠峰闲，喀斯特貌关。
川溪千涧合，地下万泉潺。
镂石穿岩水，桂林明迳山。
不嫌皱漏瘦，化气上仙坛。

十一

明迳青坑俏，英山水底摇。
一场春雨后，万浪涌新潮。
电闪惊雷急，风吹鹤翅翘。
诗吟盛世调，韵味自逍遥。

十二

瘦石撩诗吟，潭渊九尺深。
溪旋镂石去，水漫三山阴。
但见岩泉急，谁知江海沉。
兴来吟几句，一展好奇心。

英西峰林山

（八首）

一

英西峰林山，瘦透皱漏斑。
千八奇峰列，优游天地间。

鲤鱼照镜绝，拜将千军闲。
龙虎两相斗，睛伤龙角残。

二

英西峰林山，曲径幽路绕。
倒影荡青峰，层峦飞瀑俏。
云烟笼雾霞，九九黄花笑。
日照碧云空，丹崖如火烧。

三

英西峰林山，耸立蛮地间。
怪石多情义，灵螺战蟹艰。
矮山筑哨所，御敌寸心丹。
郁郁葱葱嶂，层层叠叠关。

四

英西峰林山，苍翠云海间。
峰顶一祠阁，巷街九曲环。
层门成叠障，叠叠重重关。
石级磴崖道，迂回十八弯。

五

英西峰林山，明迳倒影玄。
山水连天碧，湖横军岭前。
军营何处去，史迹化云烟。
蜂蝶翩跹舞，客随魔镜癫。

六

英西峰林山，酷似雨后笋。
万剑向云天，千奇海市蜃。
列峰为走廊，雕琢成精品。
金笔绘嶙峋，山河多学问。

七

英西峰林山，千万碧绿关。
红石如丹染，丹霞特景斑。
一红万绿抱，点绛未言难。
掌上明珠灿，喜迎游子还。

八

英西峰林山，奇石红似丹。
独峙德岗侧，优游天地间。
形单不寂寞，只影千峰环。
如粉黛娇体，绛唇嘴自关。

英西峰林人

（四首）

一

英西峰林人，和蔼又可亲。
敢向潮流奋，冲锋不惜身。
求知求学问，创业特殷勤。
致富脱贫战，与时俱进频。

二

英西峰林人，改革勇创新。
铁马金戈奋，凯歌劲唱频。
珠三角种菜，气把山河吞。
战梦脱贫困，忠诚报党恩。

三

英西峰林人，世代蒙战尘。
解放清匪寇，除邪靖妖氛。
英雄归史册，科技驱穷神。
社会和谐好，迎来日月新。

四

英西峰林人，敢爱也敢恨。
敢为天下先，能圆酬勤愿。
报恩与施恩，不受俗礼困。
德厚品清纯，尚崇淡薄论。

峰林漫步

（十六首）

一

车向英西涌，翻山千万重。
洞天仙境处，漫步听松风。
逆水游岩洞，乘舟破浪冲。
白云潜水底，影丽意无穷。

二

明迳漓江换，山人待客欢。
仙泉酿豆腐，美味香盈盘。
民宿创新意，适时价一般。
峰林氧气劲，益肺益心肝。

三

一阵老秋风，幽香菊味浓。
重阳同客过，寒露恋疏松。
迳影依风动，青坑添艳容。
笔横当作镜，纸上又相逢。

四

闲来南国眺，大久赵州桥。
明迳峰簪翘，天工鬼斧雕。
莺鸣止谷静，落日恋归樵。
陶令若到此，黄花更妖娆。

五

登高四面眺，环顾千重峰。
未见清泉涌，蔚霞已荡胸。
夜临星斗笑，日出半天红。
客旅逛山海，嫦娥逐幻梦。

六

山乡城市味，格构何新奇。
久别不知旧，老居生蕨薇。

泥房彩阁代，游子亮车归。
故里万千变，已随世纪飞。

七

坑壑谁先犁，碧波水漫堤。
青峰谁所种，石笋恨天低。
寒去春来早，雨声和鸟啼。
南天第一赞，痴客争留题。

八

奇峰何壮茁，千八英西结。
明迳如桂林，叠峦巍峨缀。
旗山烽火燃，尽化文婆雪。
谁晓迳暗初，菊眠英雄血。

九

峰山春欲去，花落鸟惊啼。
渊水怨曲滞，昼阳恨天低。
晚风开夹涧，夜伴月娥西。
燕舞升平醉，莺歌娱乐齐。

十

峰簪石角初，僻迳夹巍峨。
叠叠层峦错，山山怪洞多。
悬崖通栈道，绝壁起樵歌。
古木连天外，瀑泉又几何。

十一

放眼英西处，这边风景殊。
仙泉地下转，瘦石若明珠。
鹤唳飞声远，荒丘变丽圩。
穷途成富路，改革展宏图。

十二

僻地一蓬莱，青坑倒影栽。
客寻仙迹去，稳坐钓鱼台。
洞隐神仙阁，峰奇怪石垒。
九重天外趣，谷尽暗河开。

十三

峰峦若万仞，何处话神仙。
浩荡水穿石，巍峨岚影妍。
新圩镇市邑，阔道往来便。
规划构思好，意追三角前。

十四

南天怪石崇，瘦漏万千重。
几度风雷恐，磨成皱透风。
墨香和石韵，笔对峰山穷。
信息纵横错，网络天下通。

十五

黄花黄寨旁，曲路破天荒。
明迳漓江换，无须论短长。

苏坑流水急，一泻过荣强。
布达拉宫俏，山鸡变凤凰。

十六

兀突起平地，南天第一奇。
何方神圣造，世上有谁知？
若是天工塑，如何出世迟？
峰廊封万世，绝壁锁千诗。

彭家祠

（八首）

一

闲来话寨山，十道寨门关。
石级阶千磴，山环榭阁盘。
窄街连曲巷，绿水绕沙湾。
百载古祠外，千秋逸事间。

二

邀友登寨山，与朋共倚栏。
澜潺明迳水，九曲十三弯。
极目青峰醉，云游彩阁闲。
紫霞恋碣石，磴道镇雄关。

三

巅顶一祠阁，檐高压万壑。
碧螺奇石垒，浩气生南国。

白雾轻纱环，青峰绿浪托。
黄花秋喷香，潇洒南天乐。

四

古祠镇寨山，坑坝独休闲。
水近远峰影，层峦缥缈间。
屋横石阶曲，巷设九重关。
落日烧云霭，锦霞载客还。

五

坑坝隔溪望，祠颜接上苍。
灵螺气脉帅，普照万年长。
布达拉宫款，一祠千里香。
功归彭可学，福荫尺难量。

六

一祠耸云端，威震数百年。
寨特生奇景，巍峨直插天。
峰巅营圣殿，曲水映堂前。
易味奥玄见，荫孙慰祖先。

七

风趣寨门开，灵螺奇石堆。
古祠登极顶，依易塑村魁。
河畔生亭阁，山森隐炮台。
房呆枪眼活，一震便惊雷。

八

村寨峙溪边，螺山旭日偏。
千峰收眼底，一堡倚云天。
祠构攀峰顶，谁堪与比坚。
蜿蜒九曲巷，盘绕上峰巅。

永丰石拱桥

（四首）

一

一拱横层峦，人间道路宽。
永丰祖庙右，桥古恋新澜。
水绿浪波缓，锦鳞戏曲湾。
绪思展画卷，夕照红如丹。

二

一拱出英西，如龙抱绿堤。
赵州称第二，享誉与天齐。
大久永丰侧，桥横便庶黎。
骚人镜叱咤，墨客有灵犀。

三

溪窄水吟诗，桥横一拱奇。
三千方石砌，塑景乐峨眉。
桥侧矶头客，从容下钓丝。
牧童骑牛过，笛响正此时。

四

造物天工坚，一桥两岸连。
拱圆方石砌，水淹绿村烟。
景醉永丰庙，兰熏明迳天。
赵州第二许，问世三百年。

孙昷庙

（四首）

一

山边横一庙，铭记古干戈。
设殿英烈祭，唱酬阿弥陀。
门庭一对联，赞颂将军初。
如是高声唱，风调雨顺和。

二

将军遇猛敌，铳弹对胸驰。
胜败兵家事，何言是鬼迷。
班师黄寨歇，伤病治之迟。
黎庶怀都督，英雄归庙时。

三

孙昷庙前立，恨天无泪泣。
此知都督初，战贼争功急。
清剿闯余军，心雄待不及。
将军晋庙堂，浩气存英邑。

四

孙昱为泄愤，身心已成仁。
效忠吴三桂，杀敌不惜身。
抑或怜黎庶，联王联闯军。
推翻清暴政，胜过庙为神。

暗河漂流

（八首）

一

虎谷绿茵盖，九重天外堆。
暗河封万载，盛世漂流开。
重浪推轻筏，青波战绿苔。
蜂飞风物外，蝶舞小蓬莱。

二

峰岭英西秀，雄关枕石头。
夏炎逢烈日，消暑有良谋。
虎谷漂流处，九重天外游。
烦愁随浪去，得意胜封侯。

三

夏炎奇景生，虎谷彩舟横。
筏动歌声起，九重天外狂。
水中潜丽影，骚客耍魔枪。
河暗风物趣，与时代同行。

四

虎谷暗河妙，中华第一漂。
落差百米下，彩筏穿拱桥。
如是三苏在，词荣盛世朝。
九重天上聚，翰客乐逍遥。

五

话说英西秀，人间仙境留。
九重天外趣，曲水载横舟。
虎谷清波起，暗河美景收。
漂流溶洞特，欲去又回头。

六

迳远泉源近，崖峦层叠匀。
长空万里碧，曲水几天真。
极目关山趣，攀峰可达云。
暗河老虎谷，岩洞漂流神。

七

秋深野菊放，风送黄花香。
洞阔方舟短，漂流河道长。
千峰透漏瘦，一水任君狂。
彩筏梳岩岫，镜魔虎谷忙。

八

九重天何秀，可遇不可求。
虎谷暗河景，美名扬九州。

漂流岩道趣，特色誉寰球。
皮筏随波去，歌声逐浪流。

黄花行

（十六首）

一

黄花春雨后，白鹤绕峰游。
红日云缝笑，闲蝶舞彩楼。
犁田香郁野，村妇擎秧投。
百日碧莹后，万丘金浪浮。

二

天涯一拱接，大久赵州桥。
明迳峰簪俏，板桥重彩描。
莺鸣止谷静，日落恋归樵。
陶令若到此，黄花更娇娆。

三

斗近星辰远，山高云霭低。
枫红叶落快，天阔有云梯。
若得渊明笔，桃花满迳街。
黄花仙境汇，皓月逐英西。

四

颠倒万重山，崔嵬云水间。
深山隐别墅，榭阁自休闲。

夕近斜阳灿，夜催客旅还。
巉岩极目处，志满任登攀。

五

明迳武陵郡，地缘南国分。
位居粤北下，镇与九龙邻。
天道酬勤奋，人间山水亲。
天将皱透运，造福峰林人。

六

明迳路如之，雾浓露湿衣。
霓虹争夜静，盈月惹相思。
车水马龙疾，道栥塞此时。
不堪回首望，游子恨归迟。

七

明迳旧穷地，山高任鸟飞。
青坑一倒影，几处钓鱼矶。
水曲无溪直，河弯有浪归。
往来车马疾，与世竞芳菲。

八

黄花一倒影，明迳桂林倾。
特貌喀斯劲，秋深野菊馨。
南天称第一，石角峰簪荣。
卅里芙蓉景，豪吟盛世情。

九

水碧绿浪滔，溪潭深半篙。
春山细雨后，堤柳竞争高。
夏日洪涝战，秋冬斗雪刀。
以花为镇号，南国独称豪。

十

树色染新霜，风光何处藏？
山中秋叶赤，娇艳胜斜阳。
谷岫暖如室，天寒无雪横。
逍遥明径去，地角天涯狂。

十一

甘露汇成河，碧峰透绿初。
山高危路转，岭半牧童歌。
如曲虫声唧，弯溪荡碧波。
樵勤恨斧钝，常把柴刀磨。

十二

蝉鸣如鼓琴，慢听尚清心。
潭水吞星月，鸪鸣催夜临。
纸间浮瘦石，淡墨写峰林。
百镜录新锦，千轮逐日沉。

十三

十月黄花绽，香留石迳矾。
遍山野菊味，客旅不思归。

数十里金浪，万千堆翠薇。
洋洋如画趣，熠熠自生辉。

十四

关山关世盛，崎路镜魔竞。
明迳武陵初，阿名未定性。
千泉地底横，百里纤尘净。
万载无人询，亿年待使命。

十五

水绕碧峰转，松偕绿柳旋。
新倌唱旧戏，老地巉岩玄。
仙境有几许，奇峰数千连。
宏图盛世展，誉满英西天。

十六

迳暗关山旧，村明面貌新。
峰林开放日，桑梓倍精神。
逐鹿珠三角，智谋网络询。
风光胜画韵，嘹亮劲歌频。

九龙行

（四首）

一

纵览九龙山，牛岗黄寨关。
岭盘千古路，水绕万溪弯。

小镇乡村美，大街蜂蝶闲。
矮山哨所特，仙境洞天还。

二

叠叠九龙峰，层层极目穷。
穿天仙境洞，横水造英雄。
白石生雏虎，苏坑出猛龙。
非寻常说事，现墨客骚风。

三

一虎九龙来，三江五岳陪。
危关黄寨叠，仙境洞中开。
水动锦鳞跃，泉飞白雪皑。
灵螺遇恶蝌，平地起风雷。

四

南国武陵乡，千山万影荡。
荣强小桂林，景若漓江样。
莫睇虎龙争，且看秋月朗。
群峰列成廊，客旅天地广。

黑岩留梦

（十二首）

一

过海八仙来，流泉地下开。
金丹留古鼎，混沌织蓬莱。

异石似禽兽，仙池浮绿苔。
一岩苦十代，论匪折英才。

二

黑岩黑何来，就是口小开。
闯致展气概，祸殃及楼台。
咸丰步老路，厄运又徘徊。
世易道难改，岩溶几换胎。

三

黑岩黑何来，土石洞口堆。
鬼斧天工造，暗流活水推。
义军几着意，筑寨作擂台。
岁旧风光去，时新好运来。

四

黑岩岩洞景，犹是万花瓶。
蹁跹钟乳石，熠若夜光星。
石蕊似禽兽，洞厅如帝庭。
峰奇山谷瘦，得意自忘形。

五

黑岩山顶寨，曲路棘荆迷。
垣断墙基坏，阶残蓬草萋。
更深星夜静，月满醉虹霓。
崖路多天堑，何愁鸟乱啼。

六

黑岩山顶寨，垣断蒿莱吞。
故里多少恨，车宣亦难陈。
腥风虽化雨，石壁仍留痕。
如此伤心地，震惊后世人。

七

断壁为何愁，残基百世留。
咸丰大瓦屋，尽毁硝烟秋。
碧血黄沙冚，仇冤随水流。
剧悲世代久，一去莫回头。

八

残基断垣留，勾起千万愁。
左右两头夹，欲言语哽喉。
人间无正气，碧血为谁流？
纵有青天在，也难问出头。

九

举目览村貌，远峰无尽头。
山青如绣锦，水绿几风流。
村后岩溶内，桑田沧海留。
黑岩怀老祖，天道为勤酬。

十

黑岩岩洞外，蓬塞口难开。
多少辛酸事，村崖石壁哀。

清芝荣进士，岩壁作诗台。
词韵够气概，黑岩已蓬莱。

十一

楼台基垣残，三百余年间。
壁恨蒿莱盖，岩眠碧血山。
铜墙遭炸毁，村屋硝烟还。
庙破无神庇，祸缘山海关。

十二

山村美胜画，叠阁撩流霞。
夜静莺啼外，云飞星月华。
春来碧让树，日落牧吹笳。
不息自强者，与时俱进家。

峰林倒影

（八首）

一

漓江明迳换，碧水吞群峰。
水荡层峦动，山沉水底中。
青坑一凼水，石角峰簪雄。
叱咤镜魔弄，豪情震太空。

二

水影倒天地，山摇白石飞。
远方来贵客，舞镜竞芳菲。

四面歌声起，八方传口碑。
峰林第一影，满载骚人归。

三

明迳几芬芳，漓江妙趣藏。
峰山水底荡，倒影任疯狂。
日伴蜂蝶舞，夜倚酒倾觞。
大江东去唱，一曲万年扬。

四

青坑倒影雄，叠岫万千重。
地角争挺拔，巍峨耸碧空。
山巅可摸月，水下倒云峰。
波动青山动，与咱命运同。

五

陶令未到此，谁吟峰林诗？
乾坤何时转，只有混沌知。
造物天公意，青坑倒影迟。
南天称第一，明迳塞车时。

六

重阳巧艳妆，菊绽遍山黄。
风舞黄金浪，幽香溢上苍。
峦峰埋水底，倒影闪金光。
风景这边好，轻波逐画廊。

七

山潜水底漾，峰造仙家乡。
兀突英西岫，嶙峋南国疆。
青山翻碧浪，绿水擅阴藏。
景妙容姿俏，二卅公里长。

八

石骨遗明迳，峰菲隐老鸦。
青坑塘作镜，骚客笔生花。
夕照云添彩，波摇水底霞。
金风传菊韵，引梦入仙家。

岩背高山茶

（四首）

一

清远说茶话，南天第一家。
阳春暖意至，古树发新芽。
绿色有机趣，黄花水土华。
香茗成极品，岩背高山茶。

二

岩背高山茶，茶香玫瑰花。
华农大监制，质品顶呱呱。
香撩中南海，威名正叱咤。
芬芳瘦地长，清誉满中华。

三

高山云雾茶，岩背一奇葩。
系列峰林顶，招牌播迩遐。
香浓口感好，尚品出专家。
劲质天然出，声名堪众夸。

四

绿叶变金娃，高山云雾茶。
峰林胜境秀，水土天然嘉。
精制在管理，把关赖专家。
品牌和品质，碧树开银花。

观音奇石

云石观音身，绿吞白玉人。
山边一古寺，香客往来频。
幽石嶙峋透，貌奇形可亲。
虔心修善信，礼佛献殷勤。

山乡少妇

（三首）

一

内助小康闯，起床天未光。
挥镰抢铲舞，耕作考良方。

敬老抚儿女，常常日夜忙。
着装虽讲究，柜底藏时装。

二

农闲访戚友，开柜换时装。
切磋育庄稼，丰粮系国邦。
家常便饭菜，提倡淡清香。
适度操勤俭，鲜菇煲靓汤。

三

举止与时进，手机好上网。
三餐图康健，穿着见大方。
勤俭传家宝，继承奔小康。
风流时代妇，美德满峰廊。

登文婆山

（二首）

一

立足文婆巅，千峰展眼前。
谁堪与我比，举手可摩天。
岭外熏风起，山中落日偏。
归心何似箭，脚恋白云边。

二

巨峰盘古开，峻岭巍峨嵬。
地角峥嵘处，太平烽火台。

回眸瞻古道，路石长青苔。
若祷文婆度，怎祈仙虎来？

峰林奇景

（二首）

一

飞借桂林山，洞天仙境还。
簪峰即龙角，白虎睁已残。
红石塘边耸，质如仁化关。
漓江明迳换，倒影更斑斓。

二

锥峰千八堆，剑戟刀枪垒。
绿水徘徊舞，欢迎游子回。
峰峦叠曲路，旅客醉瑶台。
欲饮倒流水，黄花岩背来。

九 龙 行

（四首）

一

仙境洞天寻，呼朋共唱吟。
瞻岩穿天外，眺洞数里深。

风雨难阻客，情倾猎奇心。
追星不觉累，何惧日西沉。

二

车轮疾疾驰，穿越牛岗时。
逐鹿金鸡路，新田泉水倚。
左边范正寨，反背大陂倭。
镇道宽且大，苏坑起金堤。

三

九龙苏坑桥，水大桥下消。
百里山河俏，峰姿分外娇。
巉岩怪石妙，小镇逐妖娆。
仙境能致富，洞天荡新潮。

四

九龙多趣事，黄寨少磋磨。
虎白喜争斗，龙青善议和。
灵螺制恶蟹，气正止干戈。
西岭通高路，太平奏凯歌。

黄花寺宇

（十二首）

一

郁郁葱葱崖，青青绿绿溪。
高高云石耸，霭霭雾云低。

兀突千峰瘦，冥蒙百岫栖。
巍峨云石寺，声望与天齐。

二

法老击新磬，玄僧偈旧经。
朝钟催暮鼓，古刹启神明。
谷狭潭无影，如来佛有声。
寺前鞭炮劲，殿内阿弥馨。

三

烟霞锁层峦，岩岫作佛坛。
筑寺号云石，倚崖嗟月残。
住持修行急，功课了尘繁。
修得菩提果，淡忘豆腐餐。

四

和顺居岩洞，阿弥陀佛扬。
佛坛溶洞设，教化善慈倡。
朝鼓敲安乐，暮钟唱吉祥。
迎神拜星斗，祈福求上方。

五

江山如绣锦，叠壁似堆金。
暗涧仙泉妙，泉源地下吟。
新霞恋自在，奇石塑观音。
幽峰造峡谷，陶醉众僧心。

六

泉源石窟吞，仙谷层峦嶙。
佛远慈悲近，天然石塑身。
苍苔拥古刹，圣佛净凡尘。
觉石壮明迳，四时毓慧春。

七

山对和顺问，穿岩月华新。
岩溶扬释典，洞穴诞灵神。
广种菩提树，牟尼教释频。
信诚觉岸毓，佛度虔诚人。

八

和顺三山麓，穿岩花映簇。
溪旋泉路玄，公正笔峰独。
鸡犬可升天，无人进地狱。
了尘眼界高，立寺观音谷。

九

晨色浇山静，穿岩钟鼓馨。
如来开佛道，云石筑兰亭。
寺号了尘命，观音未了情。
三山和顺擎，岩诵阿弥经。

十

明迳千峰嵘，黄花万景生。
流云追月劲，落水向溪平。

和顺慰岩寂，了尘别洞情。
筑坛云石寺，传播释迦经。

十一

秋老黄花繁，穿岩和顺关。
山灵地运转，云石红如丹。
四野菊香漫，拜神人未闲。
斋堂赏豆腐，和尚享仙餐。

十二

云石观音漫，黄花落日闲。
峰巅云碎剪，霞浪色潜丹。
景雅桂林借，南天第一还。
项庄当日剑，错落武陵关。

峰 林 咏

（二十首）

一

公正孤峦峙，天生峰笔时。
山花怪石趣，斜壁白云支。
新世观墟仔，彩楼绕绿堤。
青苍画阁系，村巷变城街。

二

南国琼楼枕，天涯地角森。
醉翁何畏酒，盘古有私心。

白石前山妙，九河陂水深。
笔尖峰崛起，石角湾狮临。

三

碧云绕万峰，绿岭叠千重。
明迳漓江换，欣逢改革风。
雄奇旖旎极，倒影万人崇。
情寄青天外，梦圆开放功。

四

黄花好景多，万壑熏风和。
水厚吞峰础，谷深举巨阿。
巉岩连碧落，天半起藤萝。
绿水堆金浪，白云恋翠峨。

五

稻熟是何令，无须问武陵。
溪源连汉楚，海路远平升。
菊瓣向秋艳，黄花名号称。
谁知水下影，撼动山中鹰。

六

高山茶一杯，味到胃徘徊。
绿水青山舞，都城游子回。
峰林藏毓秀，骚客醉瑶台。
欲赏倒流水，黄花岩背来。

七

峰林异景多，曲水蜷弯河。
庙石翩跹舞，大岩皱透和。
碧山起翠浪，绿岭荡青波。
沧海桑田过，欣哼盛世歌。

八

岩背石英林，千秋百世沉。
那天一开放，醉倒万客心。
瘦石放异彩，欢欣情难禁。
旅游前路广，点石即成金。

九

欲破蟠龙阵，梨花搭箭初。
姜公迳孔过，公钓钓何鱼?
李靖托塔峙，哪吒火轮储。
老君挥金笔，明迳画不如。

十

紫薇河凼澜，和顺三山关。
云石溪村近，水心石角湾。
寨山文屋外，坑坝南昌闲。
杨力长岗对，鹤塘城下间。

十一

逐鹿英西路，结朋明迳游。
碧溪绿水厚，何处下鱼钩。

风静浪平处，急将诱饵投。
三番几得手，煎炒香熏喉。

十二

黄花开金脸，枝蔓缠壁边。
甘受风霜剪，志同君子坚。
如何骚客墨，只赞牡丹妍。
解毒清头目，理应野菊先。

十三

南国美山河，楼高百尺过。
秋枫霓裳舞，瀑布唱赞歌。
兵甲沧桑没，峰峦岁月磨。
关山犹古朴，瘦石竞巍峨。

十四

山奇惹客聚，水绿更堪嗟。
明迳漓江换，南天第一家。
琼瑶连碧落，响誉满中华。
九九野菊灿，嫦娥醉黄花。

十五

明迳美山河，黄花百里歌。
僻乡早开放，闹市宝剑磨。
水曲谋出路，河弯觅溪和。
人闲仙境住，岁月未虚过。

十六

峰林石怪异，世上有谁知？
第一南天誉，传康视察时。
题词意气壮，点石成金之。
追赶珠三角，梦圆定可期。

十七

秋到黄花香，漫山蜂蝶狂。
塘肥锦鳞壮，稻熟谷满仓。
明逕金风起，枫红野菊黄。
潜龙天空闯，瘦石引凤凰。

十八

水绿山青处，养生益寿乡。
村楼别墅里，时有歌声扬。
流水行云韵，精神底蕴强。
诙谐墨客聚，吟咏万年长。

十九

峰林雨十日，未见水侵堤。
城下寨山顶，高祠画阁谐。
喀斯特貌地，仙境洞天齐。
峰石与螺系，山名可学题。

二十

野菊待山边，欣然入画篇。
重阳展金脸，举起不夜天。

莫厌峰林瘦，甘随云水癫。
青坑军岭凼，倒影醉桃仙。

新民风光

（三首）

一

一石号新妇，傍倚井水边。
迷离体态俏，施礼点头先。
惹得霓云笑，风流千万年。
世人吐舌赞，崇石作娥仙。

二

新民新妇石，寂寞万千秋。
朝晚拜云霭，午间读水流。
衣衫撩竹影，裙角逗新楼。
奇石古村缀，美名井水留。

三

井水新妇石，天年乐逢迎。
招红缀绿影，迷月醉云星。
僻地未嫌寂，野居不恋城。
妖娆貌俏丽，醉倒陶渊明。

清明祭祖

重上大岗巅，居高四顾环。
路仍当日路，山乃旧时山。
坟地蒿蓬霸，碑文字迹斑。
清明祭祖母，体孝何艰难。

百担洞古风

（二首）

一

百担洞练兵，并非冒虚名。
当年秋收后，驯马发将令。
史迹留芳远，仍牵未了情。
知情人渐少，石壁未留铭。

二

万里关山泪，出乎点将台。
操兵百担垌，驯马闯军开。
斗转星移久，土墩农改擢。
嘶声岁月远，蹄印没尘埃。

名绅遗记

（二首）

一

石室倒湾筑，马鞍初募兵。
银仓大石砌，寨堡扬威名。
村号倒湾塝，名随曲水生。
铸银兴家族，赢得世代荣。

二

寨烂巉岩旧，狮山石角愁。
一祠圩仔系，顺治几风流。
侯剑藩王赐，得兹万银投。
势从认契大，监察威名留。

黄花豆腐

（四首）

一

黄花豆腐乡，说起话来长。
不是神仙酿，品名四海扬。
由因水质好，造法有文章。
味道甘鲜美，芳熏万里香。

二

明迳镇圩上，满街豆腐熏。
蒸煎炆炖炸，烹饪有乾坤。
食过返寻味，涎垂口水吞。
梦中嚼齿醒，恨煞外乡人。

三

黄花豆腐宴，质特味鲜妍。
制作用黄豆，水宜地底泉。
卤膏配比妙，浆撞巧机玄。
烹煮与时进，传承数百年。

四

峰林说豆腐，享誉南天扬。
凡是黄花佬，堪称豆腐狂。
逢年或节庆，豆腐必登场。
故而黄花镇，名成豆腐乡。

万兵塘

（三首）

一

黄寨万兵塘，墓茔踞大岗。
英雄同得道，联意响当当。
青史千秋载，英名万代扬。
忠君爱国士，功德伟无量。

二

万兵塘前立，百感挥泪频。
剿贼官兵者，冲锋不惜身。
枪林弹雨里，铸就英雄魂。
洒血为家国，献身成伟人。

三

黄寨万兵塘，墓居泉水旁。
铭碑存浩气，立墓壮峰廊。
烈士得安息，精神振国邦。
英雄千古寿，壮志万年扬。

黄花解放

（三首）

一

大炮枕危关，残余匪胆寒。
三山巧布阵，和顺起狂澜。
弹雨枪林里，沙场碧血斑。
英雄担使命，一举肃蛮顽。

二

黄花暗逞多，逞暗若阎罗。
贼匪猛如虎，大军勇战魔。
枪林弹雨对，浩气吞山河。
一举歼顽敌，三山奏凯歌。

三

峰峦似利剑，凸起插云天。
和顺岩村右，岩溶洞景玄。
倚岩摆战阵，匪贼化硝烟。
解放黄花战，高歌奏凯旋。

黄 花 醮

（二首）

一

年新岁月老，文化亮奇招。
打醮旺神庙，求神祈福韶。
黄花醮会夜，喃唱闹通宵。
闹得风云笑，高歌盛世潮。

二

黄花传醮仪，佛道两相持。
偈唱弥陀佛，弘扬善信慈。
避灾迎吉庆，功德与天齐。
锣鼓喧天响，万民祈福时。

明迳行

（四首）

一

明迳峰山特，层峦地漏多。
沧桑千万载，岁月几蹉跎。
改革春风起，峰林开放初。
楼新街路阔，威震旧山河。

二

明迳漓江换，声名扬九州。
黄花瘦皱漏，致富上层楼。
石怪天工叠，峦奇盘古留。
花园盛世建，造福满星球。

三

明迳峰山翠，菊香引蝶来。
街妍马路阔，景丽客徘徊。
圩日街添彩，马龙车水催。
村容如画卷，镇貌胜瑶台。

四

英西千八峰，明迳南天穷。
一凼青坑水，千山水下沉。
泉埋军岭梦，景特展骚风。
波涌峰峦动，夕阳几度红。

黄花风光

（五首）

一

盛世春风起，黄花山色新。
朝阳驱雾散，始觉白云亲。
绿浪随流水，青波更可人。
江山如此美，漫烂载天真。

二

黄花秋日朗，菊瓣荡黄金。
阵阵幽香送，拳拳赤子心。
轻车载远客，重彩绘丹忱。
挥洒玲珑笔，豪情作画临。

三

造化天工心，春秋日月沉。
千枝万叶舞，遍地着黄金。
景致穷无尽，为诗万世吟。
多情有远客，海底可捞针。

四

峰林连五州，碣石寄千秋。
古壑留新涧，天涯翰墨收。
沧波随水去，太白荡轻舟。
虎踞龙盘地，怡然楼上楼。

五

岁月如何对，千年等一回。
宏图已大展，心向钓鱼台。
好运靠争取，不能天送来。
黄花遍地宝，金银满山堆。

故里行

（十首）

一

万壑千崖催，专心等一回。
残基岁月没，尘世空遗哀。
水底浮月处，星云几徘徊。
一桥横两岸，记得摘青梅。

二

四海三伏热，去偷冰凉心。
香枫叶红后，菊绽百里金。
故里谁不识，青苍万千沉。
喜观蜂蝶舞，乐听白头吟。

三

万年苦睡沉，枉费天工心。
山有通天路，愧无伯乐临。
时年推改革，开放定方针。
水瘦山穷处，原来遍地金。

四

溪平野岸长，田绿农夫忙。
布谷啼声里，抛秧播碧苍。
绿禾翻翠浪，稻熟铺天黄。
夏日丰收后，家家谷满仓。

五

黄花说菊乡，地久与天长。
秋叶金风落，金花笑雪霜。
天寒地冻里，正好烧心香。
九九尝金浪，频频共举觞。

六

菊地荡菊气，菊香满天飞。
黄花山水特，瘦漏出新奇。
明迳喀斯特，天然地角辉。
每逢金浪起，人醉鱼虾肥。

七

明迳多崎径，黄花日月明。
峰廊谁唤醒，改革奋前程。
开放掀风浪，山乡满激情。
穷非天注定，富亦非生成。

八

七十二楼诞，岩枫红似丹。
清初铠甲亮，气壮黄花山。

谈笑风生易，改朝换代难。
楼台一夜毁，苦煞大刀颜。

九

话说前朝事，黑岩七二楼。
溪随榭阁转，竹隐杜鹃巢。
屋后崖无路，村前水自流。
轰隆几巨响，人哭残基愁。

十

观山有学问，俯首养精神。
莫叹峰廊寂，山荒幻影新。
林间多好鸟，天道自酬勤。
许下千般愿，祈求为梓亲。

偶　　书

（三首）

一

黄花番薯大，娃做美餐尝。
黎庶当主食，说来有文章。
山高皇帝远，薄褥偏天凉。
屋漏有夜雨，人穷无秋霜。

二

一廊跨二镇，和顺三山来。
四海五湖客，游人六七回。

新车八九十，盛世百花开。
石储千年秀，山藏万世材。

三

山路何崎岖，谁知路恶险。
诗书辟仕途，智慧度人谦。
吃苦在人前，轻浮不可染。
人穷自知俭，凡事多检点。

雨过永丰桥

滂雨夜萧萧，川溪涌碧潮。
天光水未尽，岸柳惊难消。
狭涧疑无路，深溪横一桥。
赵州称第二，风景自逍遥。

镇 宝 寨

千青万绿擎，瘦石诉衷情。
寨特藏珍宝，云低压紫荆。
霞光晖夕照，雾暗隐魁星。
因宝毁山寨，无人说得清。

登朝天烛

（五首）

一

登上朝天烛，方知山特独。
离奇梦幻如，百担雄关筑。
叠翠万千千，星云藏月谷。
风奇水也奇，赢得状元福。

二

雨笑风云涌，雨收山色新。
仰头星月近，举手可摸云。
碧翠连天外，峰霞撩太真。
和风丽日隐，彼此何须分。

三

明迳漓江换，簪峰镇九龙。
风光多旖旎，岫伟气如虹。
一览众山小，夕阳一抹红。
襟怀较坦荡，两袖尽清风。

四

漓江明迳换，水怒白云欢。
闻说朝天烛，状元浩气攀。
千山拱圣岫，万岭龙相盘。
地运贯王气，人生道路宽。

五

一望众山小，怡然蜡烛巅。
山苍云海渡，绿在白云边。
片片云缠脚，飘飘人若仙。
牛郎如到此，一步可登天。

云石观音谷

（二首）

一

梵宇寄峥嵘，绿吞云石峰。
雾缠山外寺，云涌晚来风。
向善堪成佛，参禅觉岸空。
观音奇石处，翠绕杜鹃红。

二

月醒观音眠，云倚怪石边。
禅堂香客众，礼佛逐慈缘。
宗教特文化，拜神无后先。
世人多梦幻，一枕万千年。

穿天岩

（二首）

一

上世纪将末，传康教授擎。
南天第一誉，如此得殊荣。
此地多情趣，洞天仙境生。
唱吟歌丽景，骚客作兰亭。

二

洞天仙境开，此地即蓬莱。
一水冲南北，蘑菇盘古栽。
观音待远客，石蕊结楼台。
潭上鱼虾戏，追波逐浪来。

岩背茶

岩背山高处，老茶遍地栽。
天然水土特，科技华农来。
制作讲方法，品牌高处推。
英红自长翅，飞上钓鱼台。

人生感怀

（八首）

一

传康驻足赞黄花，撩起穷翁学噪娃。
墨醉纸间梦度石，笔横作镜对峰咤。

二

老来岂忌人间笑，学笛艰难苦作桥。
为补余生寒屋漏，辛酸问卷亦逍遥。

三

老去风光不及人，强将白发唤青春。
山人怎能无作为，正好磨剑伐穷根。

四

虽是寻春去较迟，何须惆怅怨当时。
纵然风罢花狼藉，秋日依然果满枝。

五

夕阳芳草仍萋萋，马不扬鞭自奋蹄。
莫笑老牛甘伏枥，大鹏展翅恨天低。

六

舞文弄墨非余性，临老变娃乱致兴。
两句三年措不着，愧无妙韵寄心声。

七

人间岂是无情地，感悟音容各不同。
谈论当年草根事，又惊回到旧梦中。

八

一年人比一年老，老去时光几许留。
犹记当年同把盏，莫将鲁莽当耶稣。

彭家古堡

（九首）

一

一尊奇石号螺峰，吐雾吞云撩碧空。
可学易刀精刻琢，雕成小布达拉宫。

二

小巴后面大巴飞，飞向寨山赏翠薇。
古堡如何惊盛世，镬楼榭阁屹悬崖。

三

弯阶曲巷寨途怪，一步台阶一部诗。
叠阁层台连皓月，回栏曲径嫦娥倚。

四

彭家古堡竟瑶池，得意春风话你知。
数百沧桑色不改，风流倜傥正当时。

五

亭亭玉立数百秋，战雨斗风何来愁。
寨阁抱祠依易构，欣逢盛世上层楼。

六

寨堡弯阶曲巷齐，倒装门户守金堤。
九弯十曲丁财水，富贵万千来自西。

七

英才何惧对风波，且看霸王初渡河。
一股东风吹寨过，山门依旧是当初。

八

白云出岫乐优游，松竹萧疏殊感秋。
明月水中恋故旧，螺峰山下添新楼。

九

螺峰顶上彭家祠，傍水依山运易施。
布达拉宫生巨翅，骚人墨客恨来迟。

九龙风光

（八首）

一

石角峰簪镇九龙，琼楼玉宇仿蟾宫。
马龙车水非春梦，美丽新村百里红。

二

混沌初开生独特，山光水色万峰缠。
龙争虎斗人寻味，螃蟹伴螺难上天。

三

东山白虎一睛单，西岭青龙一角残。
两败俱伤不要紧，终能选择洞天还。

四

山重水复九龙盘，车水马龙大道宽。
阔巷宽街蜂蝶乐，花园别墅艺栏栅。

五

矮山哨所几清闲，莫记当年血泪斑。
待峙圩边观虎斗，独怀桑梓把城关。

六

九龙圩古镇容新，大道纵横店铺宸。
彩蝶追波逐浪舞，新村杰阁接青云。

七

矮山哨所耸孤峰，累月经年枕九龙。
卫国安邦尽己任，江山如此更威风。

八

九龙黄寨地芳名，古道坎坷路不平。
过去居民难进出，谁知绝地更多情。

英西峰林的山

（八首）

一

英西峰林千八峰，如戟如剑向天冲。
欲与英红并肩战，搭乘火箭上太空。

二

矮山哨所几从容，明迳穿岩天九重。
筏醉碧波随浪舞，心随筏动意随风。

三

似剑峰山刃向东，灯红酒绿又相逢。
龙争虎斗人高兴，石角嶙峋翰墨穷。

四

眼前山水眼前关，百里关山百里还。
百里峰廊百里画，江山如画话江山。

五

何时鬼斧破天荒，百里峰林列走廊。
唤起传康词兴发，竟将明迳换漓江。

六

峰林倒影变仙境，一幅蓝图连北京。
有了漓江明迳换，簪峰石角更峥嵘。

七

飞借桂林何意义，徜徉明迳赏明珠。
争先恐后观南国，盛世峰林画不如。

八

新风新雨新关山，暖气暖人暖世间。
浩荡春风送暖至，杜鹃吐艳红如丹。

峰林拾感

（八首）

一

雾锁仙山何处边，从容潇洒万千年。
蒿蓬塞道遮颜面，敢问何来不夜天。

二

飞天探月踏星球，志气高于百丈楼。
十万风光谁享受，问君是否想封侯。

三

明迳菊香万里游，风花雪月上高楼。
车鸣窄道人争路，日落西山不缩头。

四

白云深处景峥嵘，毓秀巍峨鬼斧成。
万载尘封待使命，南天第一获殊荣。

五

黄花新月有何求，石上玄泉石下流。
谁请西风开菊路，人间岁月为她留。

六

偷天换月摘星球，万里何曾悔远游。
十万江山谁指点，九重天外凯歌讴。

七

山奇水异两相持，莫怨峰林开放迟。
久待深闺磨意志，横空出世顺天时。

八

溪清水碧芙蓉鲜，世外桃源如画妍。
夕照游人风拂面，九重天外慰心田。

黄花行

（十六首）

一

那日翻开致富梦，山人自奋甩贫穷。
高楼遍地酬心愿，画阁亭台粤港风。

二

德岗石级惊天下，可惜古阶蓬草横。
兹自峰林开放后，修桥筑路改门庭。

三

霜月初寒雪未来，菊昂笑面展金腮。
漫山遍野金浪舞，风送幽香扑镜台。

四

焰花璀璨满天飞，爆竹声声唤客归。
庆祝新年百业旺，载歌载舞逐春晖。

五

花名用作地名称，金面黄花进典经。
野菊天然一宝贝，时珍本草早传情。

六

英西胜景德岗都，石寨石梯万古留。
独特稀奇倒流水，君如欲睹愿可酬。

七

远望群峰一片金，近看原是黄花林。
风吹菊舞山呼啸，不是昭君弄素琴。

八

古道黄花关隘雄，关山万道峰千重。
南天第一专家赐，一举成名教授功。

九

人间仙境在何方，百里关山一画廊。
惊动南天一倒影，万千魔镜竞疯狂。

十

峰林景致谁张扬，塞外来人舞艺枪。
猎胜镜魔叱咤响，西山日落不收场。

十一

北大专家南国访，峰林出世几疯狂。
尘封万载庐山面，揭去面纱见走廊。

十二

车到山前路可疑，几多曲径几多诗。
穿峰过迳入迷阵，转去转来无尽时。

十三

山高雾绕奈之何，但得乘风破浪过。
若把凡间尘洗尽，春山有梦织当初。

十四

明迳漓江假亦真，碧峰翠岭绿如茵。
白云深处歌声起，燕子穿梭为客勤。

十五

水近楼台月亮闲，山歌爱唱南泥湾。
乡愁莫问深和浅，偷得闲情上寨山。

十六

一树烟霞撩碧云，何来巧舌挖青春。
黄粱一梦峰廊逛，回首家山万象新。

梦咏峰林

（十六首）

一

绚丽风光怎起步，石梯当作登天路。
黄花岩背德岗都，草盖蓬蒙无处诉。

二

秋到黄花暑气净，风花雪月何来愁。
鹃啼红落好风景，红叶归根又一秋。

三

花开花落情无限，有矮有高绿石山。
虽是山穷水瘦漏，变成财富献人间。

四

路道曲弯车费神，峰奇石怪骨嶙峋。
喀斯特貌进网络，画郭远离俗世尘。

五

春有百花秋有月，夏无酷暑冬无雪。
青山绿水傍人家，尽是人间好季节。

六

山前金面为谁开，勇对霜风遁地来。
特献欣勤为入药，幽香飞上钓鱼台。

七

淡云逐日探山河，树影婆娑竹影多。
特向天公发短信，问他今夜月如何。

八

刀枪剑戟欲冲天，威震山河十万年。
调雾笼烟展风度，满腔热血谁比肩。

九

如何贯誉称黄花，野菊漫山连彩霞。
词赞漓江明迳换，恨无李白笔生花。

十

传康千里考英西，力举峰林献盛世。
笔借桂林泼墨题，词将明迳漓江系。

十一

旗山一坝锁蛟龙，翡翠天湖溪壑笼。
绝壁连云开画卷，野林雨过喷芙蓉。

十二

山前喷瀑倚苍松，谷底青波石上冲。
混沌怎分上下界，致身如在蓬莱中。

十三

神仙楼阁五更风，石壁危崖路几重。
树影断云遮日月，秋枫无意映山红。

十四

习习金风醉月光，潺潺流水唱青霜。
清辉映在天湖上，瘦石多情当自强。

十五

松菊开心正此时，莺歌燕舞恨来迟。
风声四起催山雨，蝶醉芝兰满野诗。

十六

梅树花开催岁去，今人不叹食无鱼。
逍遥自在青山外，往事如烟白发梳。

峰林漫步

（十六首）

一

秋雨落红谁早知，青苍渐去攀高枝。
新车曲路殷勤问，雾紫枫红怀旧时。

二

山崇岭峻笼千峰，危石关山画万重。
岁月峥嵘穷皱瘦，怎无鬼斧施神工。

三

旧燕衔泥回老家，寄居华夏乐天涯。
乡间山水美如画，更有彩虹缠锦霞。

四

嶙峋兀突舞翩跹，瘦透传神皱漏全。
混沌初开谁识破，龟蛇马象尽成仙。

五

桃花潭水深千尺，太白汪伦自早知。
早不漓江明迳换，只因陶令来迟迟。

六

峥嵘岁月画廊归，千八嶙峋舞翠薇。
峡谷泉流吞旭日，山苍土沃池鱼肥。

七

峰廊面世献纯真，百里红枫尽可人。
一片天然一跃出，风光无限舞台新。

八

明迳雨倾地漏去，杜鹃无意啼胭脂。
万千溶洞清波咽，浑似蟒蛇吞象时。

九

明迳圩街不夜天，花红树绿醉春烟。
彩蝶翩跹为客转，霓虹璀璨兆丰年。

十

明迳千峰万壑拱，南天第一独称雄。
群山起舞天花坠，风静影玄天九重。

十一

明迳山高天路远，迳坑水浅难撑船。
天湖水漫仙溪集，浪静波清气味鲜。

十二

亿万年前盘古劈，天生丽质谁关切。
千奇百怪出英西，于是迎来客旅热。

十三

明迳峰林特景多，青坑倒影首当歌。
人来人往争先后，叱咤不停泛镜波。

十四

清氧爽气艳阳天，但见游人笑语甜。
原野芬芳腾圣味，溯源明迳漓江癫。

十五

回望乡间路漫漫，千丘万壑把重关。
飞珠溅玉逞娇艳，痴客轻车何畏艰。

十六

车旋古道意朦胧，雨雾蒙山映彩虹。
若向黄花举目眺，山村无处不新风。

游廊感慨

（八首）

一

回环云路上巅峰，林海绿波浪九重。
滚滚溪流穿暗洞，瑶池深处是龙宫。

二

大厦倚山傍彩霞，门前柳伴杜鹃花。
仙凡混沌未分界，倒影峰旁有我家。

三

横空出世何忽忽，百里峰廊百里雄。
万载尘封谁之过，峰簪石角镇九龙。

四

登山身觉与云浮，举步何愁荆棘勾。
攀上峰巅峰在下，欣然举手摘星球。

五

朝天蜡烛登天游，俯瞰乾坤共醉眸。
一眺云飞愁尽散，人生此刻最风流。

六

雨冷风寒兴致酋，星疏云淡月如钩。
峰回路转车轮疾，醉望故乡楼上楼。

七

秋深月冷话霜重，百鸟归林理想同。
黄洞三山水库里，夕阳没在波涛中。

八

太白诗吟系九州，今风古韵竞风流。
洞天华彩震中外，借得闲云伴我游。

明迳行

（五首）

一

明迳山高峻岭咸，峰飞岫舞尽岩巉。
堆云叠壑天公为，玉宇琼楼画阁衫。

二

明迳古圩四寨抬，五围六合画堂开。
繁华自有轻舟渡，浩荡东风送福来。

三

明迳新圩幻梦载，宽街阔道楼添彩。
马龙车水人如潮，歌舞升平夜璀璨。

四

明迳新风有几许，天公造就几瑶台。
飞珠溅玉一潭水，远客初游恨晚来。

五

明迳泉流扑朔迷，黄花自有鹧鸪啼。
阳春三月杜鹃发，万紫千红水漫溪。

英西峰林的水

（三首）

一

委曲求全气斗牛，穿山镂石何来愁。
峰林美景关不住，志向江洋竞风流。

二

地下出来地下消，来时无影去无潮。
九重天外碧波笑，涌出中华第一漂。

三

殷勤镂石闯新路，遁地穿岩争自由。
何惧寒霜酷暑刺，而今又上摩天楼。

古军寨拾遗

（七首）

一

叠石垒关数百载，曾经号角震如雷。
当年寨上刀枪动，如是天风卷浪来。

二

夕照置家巷屋陈，几番浩劫未沉沦。
移居异地避霜雪，留住青山献梓亲。

三

横空出世置家巷，林茂山高龙虎藏。
飞马腾空云路上，迎来上帝筑天堂。

四

雾开霾散霜天还，偷得清闲逛寨山。
弯阶曲巷阴森处，石壁悬崖翡翠关。

五

古寨雄姿记当年，可怜八角尘土湮。
沧桑数百有谁问，几许改朝未改颜。

六

马鞍山侧寨门开，坳作营盘石作台。
即使义军飞将在，也难镇住寨中财。

七

镇宝寨难镇珠宝，寨荒宝去寨亦老。
寒霜数百浸芳草，白雪黄莺空怒号。

峰林观雨

银丝十万频频穿，刻意苦将天地连。
织女牛郎何泪溅，银河一隔万千年。

岩背高山茶

（六首）

一

云萦雾绕高山茶，雨后天晴抽绿芽。
岩雾尖尖称尚品，香茗一啖醉方家。

二

高山顶上茶苍苍，乡妇村姑采摘忙。
农大监制工艺特，品优味美醉肝肠。

三

茶地山高翻绿浪，新茵满目尽葱苍。
新茗冲进中南海，他日飞驰印度洋。

四

粤北高山岩背茶，运用科学造精华。
峰林特产走天下，四海扬名万众夸。

五

芬芳扑鼻出何方，有赖华农奔走忙。
岩背山茶品质好，扬名地久与天长。

六

岩背山高水土特，清氧甘露育香茗。
制茶科技华农赠，一叶一枝尽是情。

黄花醮

（二首）

一

万众欢欣多感慨，人生好梦何时来？
醮堂祈福福常在，锣鼓劲敲笛劲吹。

二

黄花醮仪法坛高，锣鼓铿锵气势豪。
唱唱喃喃驱邪恶，犹如屈子赋离骚。

偶　思

（八首）

一

醉鸦低遁燕高飞，地暗天昏曲径迷。
蛱蝶翩跹残梦里，回廊牵手忆同携。

二

百里幽泉百里峰，山山水水画朦胧。
山随水涌景如梦，一夜飞思映日红。

三

瞻眺妍峰叠石关，莺歌燕舞自消闲。
醉翁得意原非酒，志在流连明迳山。

四

年新路旧落阳红，呼友唤朋游广东。
车到山前旋曲路，花明柳暗画千重。

五

霜吞雪裹万千年，枉羡渊明笔墨鲜。
翘首桃源千古月，天同地异绪思连。

六

经年在外抱寒衾，梦影梓桑寄客心。
遥念崔崖欲浩唱，晚归野鹤放歌吟。

七

欲将朱墨染雄关，不息发须一夜斑。
痴爱故园景烂漫，试挥钝笔绘青山。

八

万里长江波浪滚，谁知天道可酬勤。
几经沧海难为水，故旧巫山任我亲。

虎谷漂流

（十六首）

一

击浪山坑若彩和，暗河逐筏创先河。
跌差卅丈水流急，吊胆提心一路歌。

二

绿茵溪水彩舟浮，游子兴高气斗牛。
镜对龙宫叱咤透，欲将落日唤回头。

三

虎谷溪吞抛浪头，拱桥横卧笑漂流。
英姿婀娜云添彩，白浪舞舟气斗牛。

四

茂林修竹为谁狂，彩筏穿山过画廊。
得意熏风催日落，轻舟破浪戏红妆。

五

暗河便是九重天，洞曲流狂浪倒颠。
岩暗波光怜贵客，冲舟舞筏赛神仙。

六

霞光斜照九重天，谷趣波欢筏倒颠。
竹影松涛飞瀑溅，有惊无险叫声尖。

七

暗河诡秘独殷然，冲谷闯溪无后先。
河畔怪廊如画展，勾魂摄魄乐翻天。

八

溪谷岩巉天九重，杜鹃绿柳戏疏松。
悠悠一叶轻舟梦，蝶舞蜂飞任浪冲。

九

虎谷风狂暑气消，轻舟逐浪竞妖娆。
舟飞浪舞暗河过，怒放心花笑折腰。

十

嚷嚷并非虎啸声，嘘嘘急浪逐前程。
彩舟冲过九天外，战胜玉皇十万兵。

十一

追波逐浪后争先，唤友呼朋赏自然。
天上银河地下钻，凡间仙境九重天。

十二

洋溢豪情结友癫，冲舟掀起浪滔天。
筏随浪舞穿岩过，颠倒神魂韵万千。

十三

岩洞漂流卅丈下，心如韶石撞丹霞。
追波逐浪暗河涌，涌出中华第一家。

十四

嗒斯特貌夹丹霞，远近闻名首一家。
最是温风翻绿浪，助君登筏赏流花。

十五

虎谷暗河自在开，九弯十曲如何追？
轻舟漂向九天外，千万豪情付与谁？

十六

嫦娥舞筏醉桃源，红女冲波绿浪吞。
朝雾飞虹缠碧树，夕阳一笑浪翻天。

黑岩沧桑

（八首）

一

黑岩故事话从前，谋事在人成事天。
蒙得元璋赐明惠，脱胎换骨三百年。

二

回首黑岩故事多，蹉跎岁月又如何？
沧桑历尽几惊险，一路悲欢一路歌。

三

残墙断垣故园留，改水易堤数百秋。
败壁残阶埋血泪，霏声远去逐溪流。

四

炼就金刚不败身，东王举剑令天军。
为称万岁成冤鬼，祸及黄花千万人。

五

匡正驱邪主义真，伸张正气涤污尘。
农民起义原非贼，盛世唤回锦绣春。

六

千山万水南天歌，忆断咸丰几折磨。
忠国将军错一步，黑岩留恨满江河。

七

八仙过海几蹉跎，楼毁村残无奈何。
虽有明惠荫五代，难驱伤感恨当初。

八

官军一炬无全瓦，台凳成灰镬绽花。
劫后黑岩不堪睹，家家破埕煮地瓜。

穿天岩

（八首）

一

洞天奇景喜登临，钟乳琳琅勾客心。
鬼斧神工杰作里，花明柳暗耐人寻。

二

仙境洞天应世开，轻波曼舞浪千堆。
天花乱坠谁评说，欲把九龙叱回来。

三

山穷水复疑无路，仙境洞天天上来。
北水南冲冲出海，空留竖洞望天台。

四

穿天溶洞枕溪流，石蕊玲珑争出头。
竖洞通天空怒号，纵然有泪莫轻投。

五

寂寂幽岩一水横，穿山透石暑寒争。
狂歌放荡轻舟舞，逐浪追波筏练兵。

六

逆水行舟无达声，此中偶见碧蓝晴。
东男西女尝仙境，手指北南问不停。

七

世外桃源何处边，浪波穿洞洞穿天。
花开花落何时始，屈指算来亿万年。

八

绝壁红蛙龙舌现，苏坑河尽岩穿天。
石龟天狗不拦路，宝岛台湾与洞连。

万 兵 塘

（四首）

一

龙潜泉水冷冰冰，传说塘埋千万兵。
实记碑铭四十八，阎罗是否不知情。

二

九龙云雾几萧然，黄寨山前听杜鹃。
将士黄花剿贼匪，伤兵到此魂归天。

三

张屋门前泉水寒，万兵塘里伤兵盘。
陵茔虽小英声大，常惹后人悲泪弹。

四

万兵塘冢万兵魂，陵墓魂牵千万军。
剿贼伤兵何处去，舍身捐命晋天神。

谒孙昱庙

（四首）

一

南下官兵被匪害，将军孙昱下泉台。
英雄史绩千秋载，伟大精神励后来。

二

灭贼心雄为救世，一身浩气战英西。
阵前一铳伤心肺，孙昺将军入庙栖。

三

将军不幸中金枪，都督魂归九甲乡。
孙昺挥师靖粤北，舍身捐命震南疆。

四

率士身先临战阵，为民战贼终成神。
堂皇富丽孙昺庙，颂德高歌比昆仑。

峰林古寺

（四首）

一

石旧云新公正推，山旋谷转寺门开。
晨钟暮鼓偈声起，禅语悠扬引佛来。

二

千峰万壑唤如来，古寺招云绕石台。
旧地祥和龙脉劲，佛光高照阿弥徊。

三

玲珑小巧笔尖峰，和顺设坛岩洞中。
佛醉观音幽谷里，了尘云石喜相逢。

四

慈善工程有几神，鸿基一奠转乾坤。
那天寺宇再重现，云石增光气象新。

阳岩洞

（七首）

一

石窿石窟巢幽燕，万里关山天上天。
绝壁天梯虽踞险，万千珍宝化云烟。

二

险道凌空岩洞趣，石梯百级上蓬莱。
呼岩问洞情何在，醉倒翼王石达开。

三

栈道天梯有几许，险关难镇太平财。
将军错选投诚路，天国遗留恨万堆。

四

鬼斧神工开一洞，四厅五殿缀芙蓉。
何来幻术天花坠，坠出中华万古风。

五

忠国将军何处寻，当年夜黑洞阴森。
太平未遂分身首，怎不使人泪满襟。

六

绝壁天梯有几何，遗留古迹念当初。
皇天不是早安排，那得翼王岩洞歌。

七

洒血抛头为国家，太平奋战走天涯。
翼王足迹今犹在，教我如何不想他。

峰林拾趣

（四首）

一

丽峰千八南天耸，如剑如枪壮志雄。
剑戟刀枪欲何往，腾云驾雾闯天宫。

二

石奇如笔锋芒露，和顺禅声释韵留。
绿漫三山吞白石，林婆晋庙竞风流。

三

水天同色幻如梦，倒影逍遥非画工。
成就峰林第一影，迎来千万竞争风。

四

传说十龙黄寨冲，九龙留在此追风。
忘形得意不知返，巧得地名称九龙。

旗山风景

（四首）

一

峻岭巍峨风雪磨，天湖荡漾起风波。
刀光剑影陈年事，飞瀑玄泉慷慨多。

二

猎奇览胜文婆巅，飞瀑流泉欲喷天。
土地山神曾记否？谁将烽火寄硝烟。

三

天湖风起碧波粼，顺水行舟不费神。
雄岭深山有远客，高山一曲燕回春。

四

几许登临兴未阑，文婆奇景文婆关。
为将特景献新世，蹈火赴汤何畏难。

新民丽景

（八首）

一

新村井水一奇峰，形似新娘体态丰。
未抹胭脂色已艳，英姿飒爽意从容。

二

黄花井水一奇峰，峰是新娘不是梦。
娇俏英姿如画塑，张扬南国抖威风。

三

腾云驾雾入林皋，绿抱青崖醉圣陶。
石壁黄藤凌绝顶，村边篱矮玉楼高。

四

迂回径曲雪霜后，旧迳新阶意气豪。
夜寂更深山路静，松声柳韵顺波涛。

五

一尊奇石貌如人，酷似新娘形态神。
唤雨呼风千古事，离窝浅笑感情真。

六

一石峥嵘媳妇身，恰如仙女下凡尘。
泰然井水村边立，伸手欲盘天上云。

七

三月杜鹃布谷勤，回春大地绿茵薰。
峰妍石怪桂林款，水底青山笑白云。

八

山重石叠会松枫，雨顺风调忆旧容。
对景生情多感慨，千岩万壑醉英风。

天皇宫

（六首）

一

水旋浪卷竞风流，岩洞玄泉眼底收。
千万嶙峋意未尽，岩溶有梦自优悠。

二

曲道层岩三四段，洞宽可纳万千人。
嫦娥举步欲登月，织女牛郎戏语频。

三

洞阔厅宽钟乳闲，仙山琼阁万重关。
皇宫一洞三层次，咫尺巉岩千百弯。

四

洞景生辉入翠微，天皇宫殿展芳菲。
千奇百怪无伦次，乐醉游人不愿归。

五

狂生兴起探奇洞，漫步登途考眼功。
一步十看画百幅，岩姿胜似万花筒。

六

岩殿犹如仙阁玄，神奇一犬镇南天。
寿星欲把仙桃摘，神韵天姿景万千。

永丰石拱桥

（二首）

一

旧韵初匀淡淡风，永丰石拱与谁同？
赵州第二原非梦，接木移花意趣浓。

二

一拱横溪叠石妙，永丰化作赵州桥。
轻风飞过半圆处，隔岸歌声伴洞箫。

故里拾记

（八首）

一

往日峰林谁问津，山乡追梦遇良辰。
漓江明迳谁来换？教授传康北大人。

二

山间古落几阴晴，稍忆当年涕泪零。
多少兴亡咸往事，避开旧梦别雷霆。

三

闲来无事踱溪边，苦学勤耕种瘦田。
霜染双鬓春已去，晚风无力送秋蝉。

四

故园追梦泪痕斑，忆昔楼台苦泪弹。
村毁人亡恨万万，哭时无泪雪时难。

五

追梦吟诗逐日沉，天涯海角有知音。
英西远眺观风雨，满目珠玑联古今。

六

兴来临水敲残月，为学求知道路新。
淡墨浓涂填欲壑，法书写字养精神。

七

彩着新蕾纸上开，红蓝黑白任君裁。
或浓或淡随人意，滚滚豪情笔下来。

八

溪边树侧旧农扉，曲径回廊尽翠微。
谷涧深溪虾戏蟹，燕新风旧逐云飞。

峰林四季

春

深山水暖杜鹃红，百迳千川雾气浓。
霏雨催芳处处绿，新阳旖旎又东风。

夏

烈日熏荷花吐艳，热风豪雨送轻烟。
万顷熟稻翻金浪，户户丰收又一年。

秋

西山红叶问苍穹，月淡云浓未怯容。
难得嫦娥芳心动，柔情就在一念中。

冬

峰林碧树不知冬，四面高山拒雪风。
百里芬芳桊翠陌，梅花影瘦蝶追蜂。

老　　屋

新鸟依然啼旧山，夕阳长照断墙残。
风霜一扫繁华去，巷尾街头野草关。

秋　　感

（二首）

一

金风明月雁声留，只载欢欣不载愁。
最是岩背石梯下，惹人相思水倒流。

二

举步登高越石栈，蜂群蝶组拥金山。
几尊神石在迎客，枫动红鸟飞好闲。

品　茗

山高雾矮何来奇？一啖香茗醉画眉。
吸纳旗山绝涧水，梅香味特走天涯。

故里拾感

（九首）

一

俯水仰山寻卉鲜，谁曾于此享甘眠。
千楼万阁冲天起，直插九霄舞云天。

二

磴道蜿蜒路路通，山玄水妙好藏龙。
寻诗问酒访名士，欲借南天万里风。

三

岩洞风生和顺来，了尘云石法门开。
空余岩仔千年后，重觅光明百劫灰。

四

残墙野草红朝霞，屈子离骚何处家？
宝寨当年怎造化，几多血泪洒黄花。

五

青峰万叠蒙硝烟，委曲老松绝壁边。
昔日如何遭百劫？而今跃上九重天。

六

黄花菊影何处寻？扑鼻幽香百里侵。
千八嶙峋列阵处，传康赐号称峰林。

七

人间最苦非黄连，酷虐劫冤恶病煎。
若是忽然遭掂着，所能尽耗斗罗阎。

八

秋风红叶渐凋零，落往乡间萧瑟馨。
但得苍山深处老，何须枉费太多情。

九

几许冲浪白了头，追风逐月乐优游。
和君共进一杯酒，与你同消万古愁。

九龙奇峰　千军拜将

（二首）

一

千军拜将占萧森，短曲长歌震古今。
风动波粼水底月，一呼百应千军临。

二

清风吹透将军心，绝壁樵歌鸟宿林。
万壑千峰堪入画，威风八面任浮沉。

诸侯剑风波

（二首）

一

狮头寨主几威风，财宝满盆声望隆。
要是知方善用剑，斯人妙梦三生雄。

二

明迳玄泉绕倒湾，乡贤筑寨把重关。
如何评价诸侯剑，缉剿义军忠亦奸。

鱼坪奇峰将军箭

（二首）

一

将军一箭耸云天，穿雾撩云十万年。
陪伴子牙垂直钓，待机献策镇西蛮。

二

锐峰突兀出鱼坪，神箭穿天在发声。
力压群峰踩矮岭，一呼百应九州倾。

峰林留梦

（二首）

一

故里画廊气郁葱，满山遍野绿空濛。
螺峰祠阁亭台榭，夕照寨崖金碧封。

二

白露青霜送晓风，西山石角偎新松。
芳源泉路如何曲，瘦透多情为我穷。

峰林寄梦

（十六首）

一

朦胧信步一抬头，顺按荧屏醒醉眸。
掀起北江千叠浪，隔江月老唱宸楼。

二

光阴如电弄世潮，往事艰难莫回头。
检验良知有底线，蒙恩必报是良谋。

三

翰墨研磨秋复冬，隋唐晋汉溯源踪。
人间冷暖亲尝后，书味也如世味同。

四

千金难买日月时，世事无常累人思。
四季风随寒暑易，人间冷暖有谁知。

五

任人耍弄任人扬，恨我三军难自强。
磨志凌云欲振翅，终难跃出万重墙。

六

断桥斜日归去年，败叶残枝抹荒烟。
怀旧燕子何处去，无心续歌独闲眠。

七

老态龙钟万事艰，气虚力乏步蹒跚。
亲朋戚友皆疏远，思念唯藏心底间。

八

中秋月亮何时盈，举笔难抒问月情。
心事宽宏连广宇，桃花园里有新声。

九

高山流水几清明，仙境洞中绿水平。
倒是英西风物好，哪知盘古女娲情。

十

山清水静忆从前，闲里吟沉话古贤。
旧日高官厚禄者，犹能解甲下瓜田。

十一

眼前山水眼前关，百里关山百里还。
百里峰林百里画，江山如画话江山。

十二

人间仙境在何方？叱咤镜魔竞艺狂。
倒影深埋担使命，骚人为此舞枪忙。

十三

翼王藏宝寨逍遥，石上苔藓生寂寥。
正是阳岩留恶梦，遗传文化到新朝。

十四

白云晓雾自多情，难得姜公善用兵。
碣石此留求自在，老安山下享天晴。

十五

危崖绝壁唤阳春，红日和风催客眠。
似水流年无对错，但求世道顺乾坤。

十六

年逾古稀能怎么？韩兵百万尽肖何。
西山落日无牵挂，曼舞轻歌学彩和。

纪念英雄模范——林奕兴

（二首）

一

苟利国家生死以，岂因祸福避趋之！
林公警句壮兴志，造就警魂谱丽诗。

二

百天警察擒狂魔，身中八刀志未磨。
不顾安危镇劫匪，尽捐热血壮山河。

先贤颂

（四首）

一

驱倭建国逐狼烟，奋勇攀登马列巅。
“文革”沉冤亮圣节，少奇一代伟英贤。

二

无私无畏一周公，为国为民为党忠。
伟绩丰功光史册，天才惊世万邦崇。

三

德怀元帅威名扬，敌寇闻风肝胆丧。
抗美援朝浩气荡，江山铁铸坚如钢。

四

太阳一出满天红，中国救星毛泽东。
三座大山被打倒，东风趁势压西风。

首度阳山祭祖父

（二首）

一

意远情深柳色新，鹏程岩杜为寻根。
追宗岂仅偿心愿，问祖方知骨肉亲。

二

江山泣雨又清明，耳畔犹闻杀祖声。
祖墓无碑书铁血，阳山鹤立隐真名。

耄耋回眸

（九首）

一

年逢耄耋能如何？他们退休我种禾。
冬去春来岁复岁，风花雪月唱山河。

二

岁月莫从闲里过，成功须向知中求。
书山有路勤为径，学海无涯乐作舟。

三

古稀岁月未休闲，余兴盘桓笔墨间。
有限夕阳无限好，西山日落亦斑斓。

四

能吃苦方为志士，吃亏多不是痴人。
书从疑处翻成语，学到老时自有神。

五

学问多自虚心得，风物长宜放眼量。
世事洞明皆学问，人情练达即文章。

六

人间岂是无情地，感悟认知各不同。
论及草根说世事，使人回味五更风。

七

立定脚跟撑起骨，抬高眼界放平心。
剥开顽石方知玉，淘尽泥沙始见金。

八

风前雨后自婆娑，忆断当年受折磨。
沐尽凄风色不改，居心只为蒙恩多。

九

东风化柳逐时新，书卷多情似故人。
活水源流随处满，晨昏忧乐每相亲。

贺书画家梁富森获奖

（四首）

一

频频大奖硕果屡，领奖上京始开头。
翰墨登峰笔力劲，祝君更上一层楼。

二

梁征军佑露芒锋，富点贵挑豪气雄。
森壁熬成精卫志，频频大奖正初衷。

三

梁肄法书成艺痴，富横巧竖造根基。
森严壁垒终攻破，一举成名天下知。

四

梁如铁画银钩神，富丽堂皇醉国宾。
森密构思功底厚，笔歌墨舞梦成真。

品 茶 曲

（二首）

一

教我痴迷非美酒，怡神醒脑有清茶。
欲求廉洁茗应淡，淡薄方能正气华。

二

莫叹筵前无美酒，怡神醒脑有清茶。
淡茶也是养生道，廉洁修身利齐家。

月 光 曲

（二首）

一

月圆月缺总关情，千古主题日月星。
佳句几多月下出，几多月下奇文成。

二

千古主题日月明，万年吟唱未曾停。
不知几许新声出，遥望中华尽是星。

岩　泉

逐鹿岩缝化雾烟，凌霜斗雪志尤坚。
严寒酷暑何须惧，驾雾腾云志向天。

崖　松

凄风苦雨妒无辜，挺立危崖不在乎。
何惧暑寒侵大地，战霜斗雪傲江湖。

人　生

人生如是一场梦，一路烟尘一路风。
世上风云看得透，任他富贵任他穷。

咏　梅

（三首）

一

铁骨铮铮何惧寒，霜风皑雪作平餐。
千枝竞喷芬芳味，骚客为梅载史还。

二

隆冬季节霜风冽，傲雪梅花独自开。
秉性犹钟三九月，喷香偏向苦寒来。

三

花开三九竞风流，斗雪傲霜争自由。
不畏朔风磨瘦骨，真诚赢得暗香留。

母亲颂

（二首）

一

母亲伟大早定论，任怨任劳任殷勤。
博爱仁慈德品美，繁衍后代续乾坤。

二

教儿育孙有灵犀，岳母刺字孟断机。
天下慈恩谁不赞，母亲伟大与天齐。

兰　花

（三首）

一

峭壁悬崖绿叶淫，春风得意送香临。
荒原僻野无人去，枉费兰花一片心。

二

幽香阵阵哪方来？壑壁涧边独自开。
何故别离喧闹地，繁花偏好远尘埃。

三

君子如兰有特性，言行举止爱温馨。
胸无城府宽天地，静听高朋诵圣经。

野　菊

（三首）

一

痴霜傍露自从容，喜与繁英弄晚风。
瓣瓣金花黄澄澄，神清气爽味香浓。

二

九月初寒草木衰，黄花金面向阳开。
漫山遍野金浪舞，风送菊香上瑶台。

三

寄居荒野伴青苍，金面含羞笑晓霜。
花瓣谁知能入药，清头解毒好良方。

竹　咏

（二首）

一

未出土时便有节，及凌云处更虚心。
欲除烦恼须无我，历尽冰霜坚本身。

二

沐霜浴雪自青青，勾起板桥多少情。
纸贵洛阳由此起，原来画笔可生灵。

往　事

（八首）

一

往事如烟不可追，辛酸苦辣诉兹谁？
不如吞下肚中去，莫学姜公直钓垂。

二

往事如丝抛不开，天涯海角总徘徊。
悲欢离合平常事，春夏秋冬应季来。

三

如烟往事云天去，苦泪无辜暗地垂。
羞涩肝肠无药治，万千无奈诉兹谁？

四

往事如烟不可追，人生如梦年年徘。
胸无城府宽天地，室有芝兰香自来。

五

往事如烟无尽头，如烟往事不中留。
任他飞去九天外，驾雾腾云觅自由。

六

往事如烟扑朔离，黄粱痴梦了无期。
人生如是一场戏，演到天涯日落时。

七

往事如烟多感慨，黄粱好梦何时来？
凝眸旧地碧波处，回首青春白发堆。

八

往事如烟追也累，悄然流下伤心泪。
做人做事戒荒唐，莫把辛酸心上记。

黄花镇的水

（十六首）

一

文婆山上泉，翠岭隐涓涓。
一坝枕天险，天湖云海连。

二

高岭聚涓涓，天湖集玉泉。
库存天外水，灌溉万顷田。

三

雾雨闷深谷，芊绵化露溅。
镂空阎罗殿，跃上天上天。

四

水源地下消，诡道何堪瞧。
地漏知多少？暗河吹洞箫。

五

水漫地中隙，雨华何处消？
岩幽水路曲，浪涌赵州桥。

六

春雷催雨过，水荡弄清波。
岩背水泉涌，暗流地底挪。

七

石梯水倒流，欲与阎罗斗。
绝壁德岗多，峰林添锦绣。

八

明迳三天雨，水往地漏徘。
不像黄河水，能从天上来。

九

明迳雨三天，水无藏匿处。
山峦四面缠，唯有镂岩去。

十

黄花山捆山，涧曲河溪弯。
水有愁无限，谁知穿石艰。

十一

有泉千万梦，南北东西通。
遁地冲天去，何嫌瘦石穷。

十二

只因岩瘦漏，雨水地下溜。
镂石逐云烟，阴阳看个透。

十三

月华五更灿，日醉石角湾。
泉涌白石下，水侵猴王山。

十四

天湖千丈宽，雨猛旗山关。
飞瀑哗声起，一坝挽狂澜。

十五

乾石拔千仞，一陂治水平。
清流灌百担，烽火识游程。

十六

阳春二三月，霏雨又重来。
石折溪流转，芳心烂漫回。

“明义知方”匾

（五首）

一

人杰陶公赠，陷城说粤东。
复城跋文记，一匾百世雄。

二

粤东话蠢动，陷及英州城。
彪跋炳千古，知方明义荣。

三

寨山癸水拱，门顶匾牌红。
气脉来天上，月沉烟雨中。

四

一匾转乾坤，流光惊世人。
陶公人杰在，决策可通神。

五

“明义知方”匾，威名世代传。
乡绅谋政路，福荫万千年。

黄花乡镇拾感

（二十二首）

一

暗迳名声旧，黄花大道新。
中秋无月缺，石瘦有星亲。

二

狮狂石角湾，公正旧圩闲。
白石前操笔，水深围把关。

三

河氹紫微北，寨山坑坝齐。
高椅新妇傍，杨力长岗迷。

四

亮洞后冲围，青坑埪仔倚。
下街岗背串，四寨趁圩时。

五

村靓花无色，政清官爱民。
洞心连巷口，庙石大岩亲。

六

竹围乌泥坑，红灯山口生。
板岩石角化，井水新村横。

七

二马山右旁，黄花旧村庄。
山连兴仁里，岭透洗马塘。

八

黄花马路化，公正猴山连。
石牙倒湾磅，榨油白石前。

九

赤石柠檬坝，田心打鼓岩。
沙洲富甲洞，抬轿仙人巉。

十

虽是烽烟去，蓬吞古寨群。
何堪搔白首，天道自酬勤。

十一

棚塘冚背山，塘角三山凸。
古庙曰林婆，地连出水窟。

十二

湾仔大塘面，鱼笼门口田。
岗磅马鞍寨，塘口闸头前。

十三

黄花丹竹山，虎谷平岗间。
岩洛马头寨，蓝房格坳还。

十四

岩背神仙塘，梨源连德岗。
石床眠石蛤，鹿洞龟山望。

十五

镬底置家巷，旗山托管塘。
阳岩金钱系，沙里上民良。

十六

桂岗猪六冲，坑口黄朝洞。
鸡近红岩坪，加山佛仔梦。

十七

迳孔秧地埌，沙坪挖鱼塘。
迳中葫仔屈，右靠田寮岗。

十八

城下黄朝岗，茂兰对鹤塘。
山边蜜仔薮，城内石坳藏。

十九

茶坑车干洞，黄洞水库东。
洞尾茨菇埌，环山绿道通。

二十

黑岩九河陂，面对百担洞。
百担洞心村，迁居圆旧梦。

二十一

岗坪禾谷石，白屋大兴岗。
蚬口傍丁屋，埌心石角藏。

二十二

光明峙岩仔，云石音谷藏。
围仔下河屋，石埌狮子岗。

陈继昌状元地

（五首）

一

峰如蜡烛棒，一炬独凌空。
谁把状元种，广西映广东。

二

巨峰号蜡烛，翠雾染山绿。
万籁寂无声，超凡而脱俗。

三

冲天一蜡烛，美胜和田玉。
富贵状元成，钟灵赛鬼谷。

四

奇峦一石独，引领三千峰。
蜡烛状元地，迷离扑朔梦。

五

通天蜡烛燃，福赐继昌先。
嘉庆庚辰岁，状元及第圆。

“明惠商户”记

（六首）

一

“明惠商户”赐，黑岩振兴时。
构楼七十二，穷地变瑶池。

二

得“明惠商户”，地位变特殊。
有幸蒙恩赐，如鱼得水乎。

三

御赐特商户，钝刀变利斧。
福缘祸所倚，哭笑任官府。

四

穷乡变富府，可与京畿舞。
靠什么秘方？凭“明惠商户”。

五

“明惠商户”失，难寻江郎笔。
楼台一夜残，冤泪雪无术。

六

“明惠商户”毁，楼台留残基。
万千血与泪，昭雪了无期。

黄洞日出

（二首）

一

黄花何处东？日出照黄洞。
笋竹变黄金，共圆致富梦。

二

黄花日出东，光照首黄洞。
报晓赖山鸡，诙谐犹胜凤。

彭家祠

（八首）

一

螺峰叠石恒，直上最高层。
放眼东西望，弯溪曲水腾。

二

寨山村前水，坑坝村后河。
祠背南昌寨，白云吞翠螺。

三

小布达拉宫，命名意义重。
沧桑数百秋，万世人称颂。

四

寨堡建何时？丹崖托古祠。
取名小拉萨，更令人沉思。

五

山矮祠堂高，格新构气豪。
形如拉萨样，戏煞渊明陶。

六

螺峰可学祠，巷曲弯如之。
是否布衣作，狂歌劲舞时。

七

临老登螺峰，欲寻可学梦。
峰巅祠阁耸，尽展彭家风。

八

峦顶筑祠阁，灵螺艳谷壑。
江山如此娇，仙境洞天落。

黄寨胜景

（六首）

一

白虎西山啸，青龙天上来。
古塔文昌侧，桥横万福陪。

二

鲤鱼照镜始，虎斗龙争时。
万壑歌声起，几行绿水诗。

三

南天回暖日，白石寨中骨。
范正新田和，经纶盛世出。

四

洞天一片云，仙境染红尘。
龙舌唾涎滴，几惊天上人。

五

黄寨虎龙吟，荣强小桂林。
千军拜将去，仙境洞天沉。

六

龙吟苏坑河，虎咏白石梦。
山矮哨楼高，海螺螃蟹弄。

峰林感怀

（六首）

一

穿岩和顺名，公正筑圩亭。
云石寺重建，观音谷诵经。

二

瘦石峰林切，三千丽景列。
奇峦怪岫盘，举起旅游热。

三

秋老菊浪还，南天布谷闲。
岩奇钟乳灿，仙境在人间。

四

水灵山秀气，人杰识天机。
那日春风起，游廊醉不归。

五

悠悠闲岁月，念念怀知音。
旧事进头枕，残基断垣沉。

六

纷繁花烂漫，岁月红如丹。
柏地千泉钻，镂空万座山。

黄花风景吟

（八首）

一

虎谷暗河玄，彩舟随浪颠。
三千峰似剑，托起九重天。

二

那年入画中，欲发峨眉梦。
待得乌云起，霞沉天九重。

三

明迳峰三千，风流十万年。
几番风雨共，凌翅上青天。

四

岁月流光去，残基荒草吞。
寨埋多少恨，断壁尚留痕。

五

山中问甲子，今日是何时?
溅玉飞珠地，客来悔恨迟。

六

秘洞怎么成，暗河沧浪盈。
波涛与筏竞，峦岫共峥嵘。

七

溪渊有几深?岁月莫追寻。
忆昔马鞍寨，令人怀古今。

八

石室依岩砌，有湾水倒系。
彦生富一生，福祸吴三桂。

峰林闲钓

闲来临水钓，水底白云飞。
难得遂人愿，无鱼换酒归。

峰林命运与世同

二月春风动，三山映日红。
峰林无新旧，命运与世同。

黄花古墓

峰林一古墓，传说有乾坤。
辰葬午时发，吓惊天上人。

云 石 寺

了尘和顺后，观音谷用神。
落成云石寺，一展画图新。

人生感怀

（四首）

一

光阴去奈何？流水逝无波。
人性非天定，管他白眼多。

二

沽名钓誉易，实学真才难。
刻苦磨坚志，江山剑胆还。

三

日落夕阳斜，层林绿韵遮。
晚风连闪电，归鸟逐云沙。

四

摸石头过河，任他世事磨。
青苍偿所愿，莫怨不当初。

放梦九龙

（十二首）

一

九龙大道壮，仙境缀峰廊。
骚客瑶池醉，奈何江笔忙。

二

英西九条龙，顺世逐东风。
醉倒五湖客，轻车万里穷。

三

黄寨天皇宫，盘龙翻巨风。
飞流溅绝壁，乳石醉天公。

四

英西九条龙，黄寨又相逢。
龙虎何相斗，遗留恨九重。

五

荣强小桂林，万里骚人寻。
山水醉他魄，何须把酒斟。

六

谁把南天擎，荣强小桂林。
桃源迁异地，枉费陶公心。

七

黄寨九龙峰，罗浮鬼斧工。
穿天岩洞特，横竖中空通。

八

亭台榭阁笼，古镇展新容。
世外桃源里，马龙车水中。

九

黄寨借东风，孔明完使梦。
远朋寻雅趣，千里又相逢。

十

黄寨有迷宫，洞天叠九重。
星光耀万里，太白东坡梦。

十一

白石今何在？应邀泼墨来。
毕加索怎样？黄寨搭擂台。

十二

九龙圩旧址，巷窄几阴森。
山矮哨楼怪，几经苦海沉。

故里放梦

（十六首）

一

一自传康来，千峰万景推。
尘封亿万载，眨眼变蓬莱。

二

千峰烟雾关，瘦石几艰难。
故里一场梦，脱贫有靠山。

三

绝壁尽逍遥，峰林如此娇。
风雷任我用，世事总蹊跷。

四

雨润千山绿，缘来总是情。
车轮为我急，山笑可倾城。

五

岩背登天路，阳岩一洞奇。
天梯悬绝壁，美誉走天涯。

六

深山一片梅，香自苦寒来。
不惧风和雨，凌霜斗雪开。

七

踏破铁鞋去，为瞻明迳山。
峰倾非酒醉，仙境在人间。

八

故里话峰林，久牵游子心。
东坡虽未到，瘦石已浮金。

九

西山问晚霞，景物何风华？
浓绿熏风去，飞来笔底花。

十

向南碧水流，洗尽人间愁。
发白仍追梦，春风又上楼。

十一

朝天凌绝顶，突兀亮蛮胸。
蜡烛点燃后，状元登险峰。

十二

相遇叹何难，分离眨眼间。
相思无了尽，莫为五更残。

十三

招手车即停，何堪买人情。
说声那里去，载你到瑶琼。

十四

文婆九曲路，越险攀悬崖。
有雾煞风景，无诗与酒齐。

十五

天子叱朝臣，何须辨伪真。
黑岩多虎豹，泉水有乾坤。

十六

仙境洞天还，云缠雾霭关。
潺潺溪涧水，清白到人间。

桃

春暖芽叶茵，花红若佳人。
态娇更炫目，富贵须惜身。

牡　丹

花香称极品，艳丽醉人神。
富贵修身者，娇妍无俗尘。

彭可学

彭家可学公，筑寨圆佳梦。
时世英雄造，收成运易功。

话古堡

水向螺峰来，风从天上吹。
弯阶曲巷设，乱世起惊雷。

苍蝇

苍蝇失娇贵，因爱腐臭味。
不与脏分离，始终被贪费。

偶书

（三首）

一

痴者穷风流，傻人不吃醋。
纵然世道艰，不叹黄花瘦。

二

夜梦可通神，移山堆紫云。
有书不用酒，醉倒杏林人。

三

将相谁能种，勤耕自有功。
乐居寒酸阁，甘为翰墨穷。

忆明迳

（五首）

一

明迳画廊开，峰林作舞台。
洞天一出世，瘦石变蓬莱。

二

明迳传康换，欣逢盛世时。
南天第一誉，瘦水进瑶池。

三

灰雾轻纱错，白云寨堡锁。
悟空无奈何，为有回花果。

四

南国美山河，英西好景多。
彩楼高百尺，峦岫竟巍峨。

五

仙境出何处，峰林画不如。
青坑倒影特，江笔愧难书。

秋　　月

月光潜水塘，云动与波狂。
窗外清辉跳，娥媚换艳妆。

夕　　照

夕照烟霞低，山深云雾迷。
晚风吹叶落，时有杜鹃啼。

读　　书

窗外响惊雷，缠绵豪雨来。
读书志未改，哪怕横风吹。

无　　题

（五首）

一

群鹊高枝吟，三冬暮色深。
长空无雁影，燕子更难寻。

二

繁花正灿烂，豪雨染青山。
芳草频偷绿，温风吹月斓。

三

桃红梨绿时，丹桂嫦娥倚。
未见西风起，香枫叶落迟。

四

春咏潇湘雨，夏吟岭海风。
秋怜荒岭老，冬逐关山梦。

五

轻车逐晚风，重彩画朦胧。
西下夕阳灿，喜看落日红。

菊　咏

西风逐理想，为我翻金浪。
醉倒三秋月，顽强对雪霜。

穿天岩特景

（二首）

一

穿天岩洞奇，可望白云飞。
岩内水中岛，残基隐翠微。

二

一洞穿天外，万年光照来。
天窗豪气足，瘦漏起惊雷。

山 地 茶

高山喷绿茵，遍野嫩芽伸。
待得阳春到，香茗醉国宾。

夜　　读

有书何用酒，一醉更心开。
夜读不知累，精神矍铄来。

偶　　成

（三首）

一

一枕黄粱梦，醒来日出东。
举头日似火，疑是木棉红。

二

万里繁华景，兰亭种牡丹。
聪明苏轼恨，临老笛吹难。

三

岁晚又黄昏，晨清还可人。
车行轮着急，鸣笛唤乡亲。

瘦石戏牡丹

艳妆称极品，香味醉常人。
娇妍可盖世，居富不嫌贫。

文 婆 山

（二首）

一

水蓄旗山巅，开流发电然。
泉流变动力，光耀万千年。

二

春溪草木深，丽景隐泉林。
青嶂向天碧，奇源地下沉。

峰 林 吟

（八首）

一

故里千峰沉，青苍碧翠深。
花开蜂戏蝶，激发白头吟。

二

万年苦沉睡，伤透天公心。
筑起金光道，喜迎百乐临。

三

天公自做主，瘦石变明珠。
胜景逢新世，峰廊画不如。

四

四海热三伏，峰林暑不侵。
香枫红叶后，山地绽黄金。

五

黄花逢盛世，众志满怀襟。
贱石成珍宝，穷山骤变金。

六

传康粤北驰，明迳桂林倚。
仙境风波起，恰逢盛世时。

七

峰林一倒影，雁落又沉鱼。
白日无穷尽，南天第一居。

八

蜡烛唱天歌，石英岩背磨。
阳岩藏宝洞，钟乳竞巍峨。

峰林水

（五首）

一

多少坎坷路，泉旋地底愁。
如何寻出路，大禹有奇谋。

二

寂寂镂岩去，源潺地底冲。
岩溶有上下，哪管东西风。

三

明迳流泉梦，依岩水陆通。
蜷缝窜暗洞，破石万千重。

四

酒艺水中求，可消万古愁。
泉随岩隙去，委曲也风流。

五

旗山听雨间，飞瀑激流弯。
巅顶银湖漫，罡风拂醉颜。

峰林奇景

（三首）

一

峰玄那个劈，盘古圆佳梦。
大久永丰拱，阳岩藏宝功。

二

九龙黄寨峰，龙虎竞威风。
残角单睛后，伤心是否同？

三

天工鬼斧施，虎斗龙争时。
残角单睛后，伤心悔恨迟。

和顺岩

（二首）

一

皱透清奇凸，殷勤露瘦骨。
三山和顺岩，天赐禅僧窟。

二

一水穿岩洞，泉流南北涌。
黄花解放时，枪炮圆佳梦。

黑岩村

村环三水汇，面对朱乾山。
背靠幽岩黑，杜鹃红似丹。

端午吟

（二首）

一

离骚痛苦吟，屈子汨罗沉。
啖粽怀先杰，赛舟怨恨深。

二

年年端午节，吃粽赛龙舟。
莫问其中意，汨罗屈子愁。

云石寺

香客拜神早，寺门为你开。
观音何处去？云石接如来。

林婆庙

菩萨慈心送，庙堂香火红。
三山忙打醮，敲破林婆钟。

三 帝 庙

黄花三帝庙，打醮可淘金。
信善往来急，不枉施主心。

黄花豆腐

（八首）

一

青豆磨成浆，几经技艺忙。
煮煎炆炖炸，喷发满堂香。

二

夜半咕唠唠，三更磨豆腐。
食之味美甘，撑得肚如鼓。

三

黄花的豆腐，色味惹人娄。
娇嫩滑鲜美，引来食客贪。

四

黄花豆腐宴，入口人称赞。
食过返寻时，莫忘旧老板。

五

豆腐进餐厅，任君炆炖煎。
边炉随意打，生食趁新鲜。

六

疾风哦对错，美食黄花多。
豆腐仙泉造，世间有几何。

七

黄花豆腐特，味美人争食。
质品比刘安，排名王帝侧。

八

咔咔车轮响，问君何处往？
为尝豆腐香，特向黄花行。

梦游峰廊

（八首）

一

瀑布声威壮，波回浪溅狂。
娇娆迷客旅，梦景进天堂。

二

古落黄花集，崔嵬石壁执。
水中明逶山，画里漓江邑。

三

英姿飒爽处，画里新民山。
井水新娘俏，披星戴月还。

四

枫墩樟木围，石板塘边比。
石角隔河沟，中心连义利。

五

岭隔层云叠，雄关天险设。
峰林倒影奇，明迳旅游热。

六

天生一石妙，形似观音笑。
偷尽了尘情，寺名云石叫。

七

黄花一对烛，黄寨三支香。
奇石前途广，尧天舜日长。

八

和顺二僧号，岩幽佛唱和。
偈经数百载，佛影满江河。

峰林拾感

（七首）

一

山中静悄悄，绿岭碧苍苍。
村上人何往，入城农转商。

二

肖像石生成，观音得美名。
阿弥陀佛唱，寺了了尘情。

三

穿天岩洞水，自北向南冲。
玩洞赏仙境，梦萦又几重。

四

仙人抬桥揭，盘古女娲说。
在那开银矿，彦生铸币热。

五

秋菊遭霜戏，山高映日低。
香熏古石寨，月落杜鹃啼。

六

黑岩岩洞黑，暗唤八仙来。
过海神通显，溪横白玉堆。

七

窟窿有正歪，好景走天涯。
暗水川流错，仙山琼阁埋。

倒湾磅石室

石室何时建，朦胧记忆间。
残墙断壁怨，湾水泪流潺。

峰林岩洞

（四首）

一

峰林溶洞多，总量数千个。
洞积首阳岩，规模廿万过。

二

有洞岩穿天，玄流南北旋。
呼朋游胜景，仿佛若神仙。

三

仙境洞天开，轻舟绿水陪。
黄花倚绝壁，气概天窗来。

四

舟非白帝发，船动惊腰蛮。
逆水艄公累，顺流碧浪闲。

黄花醮仪

（四首）

一

庙宇静萧萧，残钟叹寂寥。
一朝锣鼓响，道士开坛调。

二

金风送雁声，车笛惹鸡鸣。
十月黄花醮，通宵灯火明。

三

刀山火海闯，唱唱喃喃忙。
咒念弥陀佛，瑞狮劲舞狂。

四

锣鸣鼓噪间，萨镇邪门关。
祈得神恩佑，功劳大过山。

峰林游感慨

（十六首）

一

明迳漓江款，簪峰镇九龙。
千军拜将外，万壑竞争风。

二

奇峰几入梦，垒列一廊中。
富贵贱贫共，遗留万古风。

三

螺山够气概，寨阁叠高台。
曲巷弯阶怪，山门石上开。

四

岸堤信步频，享尽骄阳辰。
有鹊巢鸠占，如何主易宾。

五

灵螺举旭日，点化老君笔。
气贯万千年，天公鬼斧出。

六

鹤唳伴鸦噪，山鸡学鹊号。
峰廊盘古开，人是女娲造。

七

水静如明镜，巍峨担使命。
奇峦擅列嶂，丽影谁能竞。

八

玄秘观音谷，去浮公正天。
绿吞云石寺，磊落万千年。

九

特景观音谷，危崖高插天。
情牵和顺释，瘦石舞翩跹。

十

西关月影斜，古寨绽今花。
何必望洋叹，漓江明逐夸。

十一

矮山哨所载，石阁峭崖堆。
难得虎龙戏，旅潮浪卷来。

十二

山坑碧浪滚，岩洞起惊雷。
世界漂流赛，首推虎谷开。

十三

苍茫峰岭旧，未见野烟愁。
漫步青云路，文章浩气留。

十四

凌空榭阁嶒，丹壁石阶层。
斗艳彭家堡，点燃拉萨灯。

十五

人格三声定，峰名四海盈。
山摇水弄影，影动欲倾城。

十六

寨阁星云系，溪横月映堤。
花黄金瓣细，栈道绿天梯。

峰林叠趣

（十六首）

一

鱼坪听画眉，老树唱黄皮。
放眼将军箭，云吞百丈崖。

二

风流千万载，画里看关山。
开放岭南早，怎能独自闲。

三

云厚压天低，风吹柳拂堤。
川溪筑水坝，防涝有灵犀。

四

山陡水流汹，人穷志不穷。
天湖坝百丈，困锁一蛟龙。

五

岩巉洞穴霓，绝壁有天梯。
藏宝施奇计，谋图与国齐。

六

龙潜黄寨湾，虎踞泥鳅山。
怪岫何璀璨，名扬天地间。

七

造物天公计，鹧鸪昼夜啼。
乡村经济劲，宅阁与天齐。

八

山圩街路宽，蜂蝶翩跹舞。
商铺货琳琅，美如荣国府。

九

重修云石寺，信众拜观音。
善种菩提树，扬慈度佛心。

十

迳孔田寮岗，诗养骑虎郎。
德何感猛兽，怪事破天荒。

十一

峰林一宾馆，落籍岩洞前。
上下电梯便，待人客为天。

十二

山高烟雾迷，水曲惹相思。
南国武陵地，引人入梦时。

十三

悬崖隐百灵，山静暗河宁。
朝唱百花灿，夜鸣朗月星。

十四

山远峨眉近，月儿倚镜盈。
相思常绕梦，明迳漓江情。

十五

明迳八仙回，青峰拥翠来。
螺峰文屋困，坑坝长岗陪。

十六

赵州第二桥，方石数千砌。
国艺此中留，先民够伟大。

峰廊感怀

（八首）

一

虽是山穷僻，市场近咫尺。
车多路曲时，礼让不嫌窄。

二

游廊路曲弯，之字几回环。
寄妙求车慢，如蛇蜕皮艰。

三

峰峦似泰山，处处石头关。
车笛时时按，如船过险滩。

四

黄花筑路难，峰岭重重关。
绝壁开公路，石头比铁顽。

五

黄花曲路多，来去又如何？
车慢夕阳惰，披星戴月过。

六

黄花路坎坷，迳曲又斜坡。
莫让车轮疾，殷然自在多。

七

喀斯特貌趣，客旅恋瑶台。
一曲飞天外，重温子建才。

八

大久岩前庙，永丰横一桥。
赵州称第二，叱咤唤妖娆。

三 长短句

沁园春·英西峰林旅游开发

一

南国风光，千里青葱，万里绿飘。望峰林世界，风光如画，川流旋转，绿水滔滔。山似青锋，冲天巨剑，欲与仙宫试比高。秋光艳，满山金浪舞，格外娇娆。

黄花如此多娇，引北大陈传康出招。号南天第一，峰山列阵，三千瘦漏，尽领风骚。云石观音，永丰石拱，宝洞阳岩天国骄。欣开放，教神州丽景，涌入新潮。

二

南国风光，千里田园，万里绿茵。望峰林丽景，千姿百态；黄花锦绣，万象更新。国泰民安，国家兴旺，万众一心小康奔。黄花镇，顺潮流改革，重振乾坤。

峰林五彩缤纷，谋致富图强争脱贫。看旅游起航，资源挖掘。修桥辟路，发动乡亲。引史招魂，取经壮魄，装点晶莹迎客宾。观前景，更繁荣鼎盛，造福人民。

沁园春·黄花颂

绚丽黄花，锦绣山河，郁郁葱葱。望峰林贲彩，争奇斗艳；田园古寨，怪石凌空。蜡烛天然，将军亮箭，欲去鱼坪问太公。看今日，八仙挥彩笔，绘写天公。

黄花社会和谐，父老乡亲齐心秉公。眺彭家古堡，风姿百态；将军石寨，天国英雄。义胆忠肝，抛头洒血，浩气长存贯域中。歌难罢，看峰林丽景，数几千重。

念奴娇·峰林游感怀

九龙明迳，各称镇，原号黄花黄寨。山水相连，呈喀斯特貌缠绵一块。独特风光，神奇美丽，轰动旅游界。举峰林帜，进军网络时代。

且看岩背仙塘，德岗都市古，绿浪澎湃。虎斗龙争风景怪，残角伤睛无奈。岩洞穿天，神蛙学倒挂，欲飞天外。地虽偏远，却仍然惹人爱。

西江月·天阅洞

天阅恰逢盛世，几回世上沧桑。洞中金猴喜登场，欲上天宫较量。

明迳群峰起舞，逗君一梦黄粱，三山和顺禅声扬，公正颂歌豪唱。

西江月·峰林游

一

走遍天涯海角，周游明迳黄花。穷乡僻壤盛桑麻，贲彩高楼大厦。

更有肥原沃土，连绵碧绿山茶。清风晓雾恋朝霞，客旅成群结社。

二

百里峰林如画，千山竞舞疯狂。万人争赏好风光，掀起旅游巨浪。

虎谷暗河独特，中华第一漂王。穿山岩洞赛仙廊，出自天工鬼匠。

西江月·峰林出世

三角花园问世，峰林骤领风骚。千年沉默漾波涛，万载深闺未老。

一幅娇娆倒影，天工鬼斧功劳。黄花旧袄换新袍，迈向金光大道。

西江月·英西峰林游感怀

绿道纵横遍布，龙山虎岭欢欣。漓江换明迳奇闻，改革山河转运。

拜将千军列阵，冲天蜡烛崇云。鲤鱼照镜献殷勤，国泰风调雨顺。

西江月·英西峰林

一

岩岫何其瘦漏，浓茶齿夹香留。红茶英九誉神州，故国风华正茂。

绿色果蔬食品，山泉豆腐甘喉。砂糖蜜橘映华楼，明迳倍添锦绣。

二

导水疏流筑壁，防洪矢溺生灵。青山绿水喜安宁，家庙攀登寨顶。

文化尊崇艺术，光明云石传经。千年驿站彩廊亭，满载峰林倒影。

三

娇俏玲珑石岫，桂林阳溯芳容。南天第一此推崇，客旅初圆美梦。

开发旅游致富，天然独特称雄。奇峰烂漫夺天工，南北东西与共。

西江月·峰林祠堂落成

山口红灯高照，建祠重振坤乾。落成升座庆功圆，贺喜欢声一片。

锣鼓瑞狮迎客，轻歌曼舞山前。双赢旺族福无边，世泰时来运转。

西江月·居峰林自感

为口南冲北闯，为家风雨沉浮。几多血汗洒高楼，老宅墙崩瓦漏。

愁困恨无烈酒，为求一醉方休。欣逢改革眷愚牛，关照寒酸小豆。

清平乐·峰林初识老干部

南天早晓，休退气犹豪。踏破青山人未老，切墨研文正好。

吟诗作赋攀登，精敲细琢进攻。怡性怡情奋起，一生为国效忠。

清平乐·贺峰林祠堂落成

河清海宴，敬祖人称赞。重建宗祠圆吉旦，贺喜堂皇灿烂。

先宗南国安家，继承鳣祖精华，功德巍峨显赫，光辉亮彻云霞。

清平乐·黄花改革开放

黄花开放，改革春风荡。开发峰林天地广，实现脱贫理想。

改天换地有方，人民意志坚强。个个出谋献策，前途灿烂辉煌。

清平乐·峰林老叟学诗

老来无事，始爱温文字。抖擞精神磨意志，醉倒书山天地。

兹从基础开头，学人破釜沉舟。但得能吟几句，心情胜过封侯。

清平乐·贺峰林新楼落成

歌莺舞燕，致富人称赞。建就高楼非一旦，贺喜堂皇灿烂。

仁兄发业兴家，全凭种稻种瓜。改革经营气势，如雷震动天涯。

鹧鸪天·英西峰林

明迳峰林出世惊，三千罗列走廊成。玲珑瘦漏何其秀，皱透天然胜景生。

山秀美，水清奇，山奇水趣意迟知。南天第一谁能比，跃上潮流逐丽诗。

鹧鸪天·洞天仙境游

碧水晶莹出九龙，灵龟喜与壁蛙逢。清波细浪逐鱼影，撩起轻舟船底风。

岩洞特，与天通，恢宏气势似天宫。人人夸赞穿岩妙，美景常留睡梦中。

江城子·黑岩游

黑岩山下话沧桑，费思量，实难忘。壮志凌云，天国话来长。旧地重游撩梦忆，隔三朝，调铿锵。

太平天国与家乡，话家常，莫声扬。岁月峥嵘，无奈对彷徨。想起当年断肠事，月难明，泪汪汪。

江城子·峰林人南海讼裁感

如何南海欠安宁，自由行，借其名。美指菲邦，发起讼裁争。翘尾哈腰狐假虎，赔夫人，双折兵。

中华崛起正飞腾，义光明，自多朋。海岛"太平"，胡说改礁称。蛇蝎居心何太狠，毒心肠，世人憎。

菩萨蛮·峰林开放春

娇峰默默谁能识，黄花俊俏苍峰碧。遍地耸高楼，赋诗歌政优。

骚人高处立，彩镜追踪急。有客问归程，却将星月擎。

浪淘沙·峰林游

放眼万重山，石怪泉潺。青葱百里隐雄关。如梦如痴随意逛，月末星残。

天上亦人间，识别艰难。阳岩宝洞更斑斓。百转千回游不厌，莫学邯郸。

一剪梅·盛世山村

改革乡村开放秋，雀跃欢腾，振奋神州。人人献策搭擂台，勇闯潮流，各尽其谋。

土地资源特色优，智者争先，凤上枝头。齐心协力共图强，胜利歌讴，更上一层楼。

鹊踏枝·峰林秋咏

秋日黄花金郁露。旧阁初寒，燕子归何处？石寨香枫红似血，随风曼舞添诗趣。

楚楚峰林多建树。故里山村，百里观光路。色彩斑斓皱瘦透，命穷幸有深山富。

采桑子·黄花山水豆腐

任君随意炆煎炸，味美甘喉。味美甘喉，色味俱全醉客眸。

晶莹剔透甘鲜味，齿夹香留，齿夹香留，赢得声名震九州。

破阵子·天国大将军悲歌

深夜翻身执剑，几回血雨腥风。天国将军魂魄断，此晚蓝山乱阵营，损失千万兵。

刹那慌忙欠想，挥鞭策马登程。驰向黄花翻隔岭，月暗星埋天地怜，可怜勇半生。

蝶恋花·老虎谷溶洞漂流

筏到岩前生恐惧。进入暗河，魄与魂飞去。似跃身龙王宝殿，波光玄影如仙路。

回味无穷饶兴趣。全国首家，岩洞漂流处。水道跌差卅丈下，惊心动魄留诗赋。

蝶恋花·重建黄花云石寺

重建黄花云石寺。不是如来，便是牟尼意。更是慈悲善念，乡村父老精神贵。

一瓦一砖来不易。老叟顽童，尚感神佛庇。省吃简穿行乐助，落成重振峰林志。

卜算子·峰林游

夏夜数星星，犹觉峰林静。联想文翁白鹤图，水里浮双影。

展翅欲高飞，却又恋松岭。抖振羽衣不肯离，难舍黄花景。

卜算子·广东第二峰游

喜鹊伴春归，暖日冥蒙曜。极日青峰涌绿潮，更有杜鹃俏。

俏得满山红，乐对文婆笑。尚倘风调雨顺时，更觉旗山妙。

卜算子·岩背游

叠叠几千峰，上有通天路。岩背石梯数百级，踱你青云步。
藏宝有阳岩，神秘难倾诉。天国遗留史迹多，文化生财富。

卜算子·黄花咏

无事说黄花，点缀山村景。墨客骚人谁早来？霍袖赏新茗。
味道苦中甘，色彩金黄逞。品格清高不入城，惟爱深山静。

忆江南·英西峰林风光

（二十首）

一

峰景好，丽景万千重，客旅三番游不厌，拖男带女爱争风。一笑又相逢。

二

峰景好，黄寨黄花玄，名致南天第一誉，深山洞府客神仙。鬼斧造坤乾。

三

峰景好，明迳九龙连，豆腐炆煎香扑胃，风情特色有坤乾。

共享峰林泉。

四

峰景好，石角簪峰妍，一水穿岩溶洞杰，洞天仙境洞通天。浩气万千年。

五

峰景好，瘦皱尚神仙，体态峥嵘竞透漏，雄关万道恋流泉。沧海已桑田。

六

峰景美，皓月挂峰巅，力挽星光驱夜寂，迎来紫气换人间。盛世凯歌旋。

七

峰景美，绝壁万千芳，碧翠晶莹凝剔透，万千丽景深闺藏。开放献堂皇。

八

峰景美，溶洞古仙宫，异怪离奇钟乳石，全然鬼斧施神功。妙趣意无穷。

九

峰景美，客醉三千岑，不惜奔波驰远路，登山涉水英西寻。抚慰好奇心。

十

峰景美，仙境洞溶中，一水穿岩牵两镇，离奇竖洞向天穷。

绝世一窗功。

十一

多少问，改革越重关，大展宏图凭惠政，峰林处处乐人间。旧貌变新颜。

十二

明迳美，大道贯西东，帝庙巍峨香火旺，新民石角出天工。古镇沐春风。

十三

明迳水，镂石钻缝旋，更有穿岩翻暗洞，沉渊遁地化仙泉。破壁战寒川。

十四

明迳石，倒影倒温馨，石角峰簪何足庆，三千怪异逐兰亭。墨客自多情。

十五

明迳路，九曲十三弯，宽窄无常因地定，穿山过迳越重关。僻地换新颜。

十六

桥石拱，一架永丰东，气势恢宏名出众，赵州第二敢称雄。始受世人恭。

十七

新妇石，仰首问天公，井水何时灵气动？烟波荡起万千重。

开放好圆梦。

十八

藏宝洞，地处德岗西，绝壁天梯荣古寨，青峰似剑恨天低。马去石留蹄。

十九

孙昆庙，都督亦将军，剿匪黄花临战阵，冲锋陷敌铳伤身。浩气见精神。

二十

孙昆庙，设案拜将军，黄寨村民兴打醮，开坛作法祭灵神。纪念古英魂。

忆江南·明迳好

（三十首）

一

明迳好，三九黄花崇，花若黄金枝叶绿，金波绿浪喷香风。世界正兴隆。

二

明迳好，百里尽芳菲，九曲灵溪绕百担，天军驯马竖丰碑。蜡烛伴花旗。

三

明迳好，秀石傲三千，宝洞阳岩谁可比，了尘云石寺参禅。

和顺隐仙泉。

四

明迳好，北大专家临，特撰雄文惊世界，丽诗如画赞峰林。撩起万人寻。

五

明迳好，教授传康临，慧眼识破千年秘，措辞遣句发骚音。瘦石变黄金。

六

明迳好，瘦石变黄金，透漏嶙峋一倒影，骚人墨客作诗吟。梦笔写丹心。

七

明迳好，绿水秘如神，百曲千弯似梦幻，一年四季碧如茵。晚照胜清晨。

八

明迳好，史迹竖丰碑，请问阳岩藏宝洞，何人有意泄天机？世事尽稀奇。

九

明迳好，上帝筑仙塘，虎谷漂流称国首，天湖水阔不通航。发电送光芒。

十

明迳好，改革勇登攀，条条村街连绿道，高楼列阵捧青山。

旧貌换新颜。

十一

明迳好，改革勇登攀，乘势扬帆搏巨浪，频频下海捉鳖还。浩气见一斑。

十二

明迳好，豆腐乃常餐，一比方知味有别，甘甜嫩滑赛刘安。可口养朱颜。

十三

明迳好，树绿碧如兰，翠把三千峰岭染，天庭帝殿接人间。醮仪正开坛。

十四

明迳好，峻岭遍山茶，薄雾轻云红日妙，霞光折射蔚新芽。品质振中华。

十五

明迳好，绿雾绕山茶，农大精诚献技艺，把关监制赖专家。品极誉中华。

十六

明迳好，峰岭秀神州，石岫胸怀皆瘦漏，风光如画醉人眸。改革凯歌讴。

十七

明迳好，百卉竞争春，碧剑倚天对雾舞，鲜花彩浪恋彤云。

绿气正茵茵。

十八

明迳好，百担号粮仓，黄洞源泉生水库，新民土沃种砂糖。放板藕莲乡。

十九

明迳好，镇道纵横通，似是京都王府井，车如流水马如龙。盛世得春风。

二十

明迳好，倒影意无穷，八面奇峰沉水底，琼楼彩阁伴青松。客旅笑春风。

二十一

明迳好，白鹤又飞回，进士游岩留丽句，诗云此地即蓬莱。一语便惊雷。

二十二

明迳好，胜景话三山，和顺居岩弘佛法，穿岩作寺设僧坛。慈善播人间。

二十三

明迳好，起义几功勋，古寨孤坟留史迹，闯军意志天军魂。唤醒后来人。

二十四

明迳好，三月品春茶，六月温风推稻浪，重阳万客赏黄花。

庆盛世桑麻。

二十五

明迳好，丽影万年沉，瘦石三千隐蛮地，姿容瑰丽动人心。改革号峰林。

二十六

明迳好，古建展风华，开放传来都市味，灵螺接客赏黄花。寨堡品山茶。

二十七

明迳好，古镇换新颜，亮丽新街全店铺，花基贲彩染朱丹。榭阁尽休闲。

二十八

明迳好，峰岭万千重，过去山高王帝远，今逢改革亮芳容。始受世人恭。

二十九

明迳好，世事梦魂中，电信犹如孙大圣，手机一按万人通。千里幕相逢。

三十

明迳好，广厦胜天宫，美丽乡村遍地起，新楼焕彩笑春风。好景万千重。

十六字令·英、西、峰、林

（八首）

一

英，粤北明珠鬼斧成。黄花镇，改革创双赢。

二

英，百里关山盼太平。求安定，奉献许多情。

三

西，碧水潺流浪涌溪。峰林丽，异石伴金堤。

四

西，石角巉岩鸟乱啼。黄花好，合力建和谐。

五

峰，拔地冲天十万重。英西美，宝洞胜仙宫。

六

峰，猛虎频频战巨龙。峰林景，俏妙各争风。

七

林，瘦石嶙峋已变金。谁知道，费尽几多心。

八

林，南国峰林百世沉。娇娆甚，瘦漏胜黄金。

如梦令·峰林丽景

（二首）

一

改革不分先后，黄寨虎争龙斗。仙境洞天中，石壁巨蛙红透。岩岫、岩岫，明迳岭肥山瘦。

二

看百里峰山趣，走一段黄花路。九曲十三弯，赏漫漫山河旧。穷透、穷透，冀万众同心度。

生查子·峰林情趣

（三首）

一

风生水起时，十月黄花灿。灿烂乐人间，喜赏胡麻饭。
黄花石拱桥，大久溪河畔。绿水绕三山，古旧仍璀璨。

二

黄花豆腐香，秘制传佳酿。气贯万年长，远祖刘安创。
中华美食乡，讲究朱颜养。一碗豆浆汤，济世生风浪。

三

玲珑剔透间，皱瘦情无限。万载隐英西，伯乐方开眼。

新朝不夜天，海宴河清版。蜡烛恨天低，墨客雄文撰。

临江仙·峰林风情

（二首）

一

九九黄花璀璨，重阳野菊香浮。花仙酒醉无人扶。飘飘风散步，学板桥糊涂。

改革峰林初旦，离奇尽露江湖。黄花豆腐满山墟。全街香喷喷，味美胜煎鱼。

二

石壁天梯雄秀，红霞不肯低头。峰林古道无平途。太平天国路，遍布德岗都。

岩背仙塘持久，民风淳朴优悠。置家巷寨有何求？残墙断壁旧，史迹幸长留。

四

诗词格律

诗体韵律

古代诗歌大致可分古诗和律诗两大类。古诗又称古体诗和古风，律诗又称近体诗和今体诗。

一、律诗的基本格式

在韵律上，律诗讲求押韵，讲求平仄，还要讲求对象。每联的对句必须押韵，一般只押平声韵。要求一韵到底。首联出句可以入韵，也可以不入韵。在押韵的基础上以平仄为纲。

A. [仄]仄　平平仄

B. 平 平　仄仄平

C. [平]平　平仄仄

D. [仄]仄　仄平平

（平仄外面画方框表示可平可仄，下面加小圆点表示押韵。）

绝句是四句为一首的诗体，有五言、七言之分，有古绝、律绝之别。古绝属古诗，律绝属律诗。律句是由“仄仄平平”和“平平仄仄”加头或加尾构成的，即在头或在尾加上一个平仄相反的字，构成“仄仄平平仄”和“平平仄仄平”或“平平平仄仄”和“仄仄仄平平”组成四种基本律句。根据写诗的需要，可以作小的移动，把第五字（仄）跟第三字（平）对换一下位置，首句就入韵了。也可以作大的移动，C 型句跟 A 型律句、D 型律句跟 B 型律句分别对换一下位置，就成为五绝另一种平仄格式了。还可以同时作大移动和小移动，成为五绝的另一种首句入韵的平仄格式。

七言绝句又称七绝。七绝是五绝平仄的基本格式的扩展。

且看白居易的七言绝句《忆江柳》：

曾栽杨柳江南岸，A. 平平 | 仄仄平平仄
一别江南两度春。B. 仄仄 | 平平仄仄平
遥忆青青江岸上，C. 仄仄 | 平平平仄仄
不知攀折是何人。D. 平平 | 仄仄仄平平

上面直线左边的每行分别增加两个相反的平仄字，构成了七绝平仄的基本格式。根据写诗的需要，同样可作小移动，把首句的第七字（仄）跟第五字（平）对换一下位置，首句就入韵了。也可以作大移动，把C型律句跟A型律句、D型律句跟B型律句分别对换一下位置，就成为七绝的另一种平仄格式。还可以同时作大的移动和小的移动，成为七绝的另一种首句入韵的平仄格式。无论五绝或七绝，记住平仄的基本格式，了解小移动和大移动的规律就可以了。不必死记硬背那么多格式。

五言律诗简称五律，七言律诗简称七律。五绝、七绝合称律绝，五律、七律合称律诗，但广义的律诗又包括五绝、七绝和五律、七律。把五律、七律看作五绝、七绝的一次逆反（有说五绝、七绝是截取五律、七律的一半）。二者的平仄格式和律句类型基本相同。且看杜甫五言律诗《春夜喜雨》：

好雨知时节，A. 仄仄平平仄 ⎫ 首
当春乃发生。B. 平平仄仄平 ⎭ 联

随风潜入夜，C. 平平平仄仄 ⎫ 颔
润物细无声。D. 仄仄仄平平 ⎭ 联

野径云俱黑，A. 仄仄平平仄 ⎫ 颈
江船火独明。B. 平平仄仄平 ⎭ 联

晓看红湿处，C. [平]平平仄仄 } 尾
花重锦官城。D. [仄]仄仄平平 } 联

全首八句由五绝平仄的基本格式逆反一次组成。根据写诗需要，可以作小移动，把首句第五字（仄）跟第三字（平）对换一下位置，首句就入韵了，也可以作大的移动，把颔联和尾联的C型律句跟首联和颈联的A型律句，颔联和尾联的D型律句跟首联和颈联的B型律句分别对换一下位置，成为五律的另一种平仄格式。还可作大、小移动。

巴山楚水凄凉地，A. [平]平[仄]仄平平仄 } 首
二十三年弃置身。B. [仄]仄 平 平仄仄平 } 联

怀旧空吟闻笛赋，C. [仄]仄[平]平平仄仄 } 颔
到乡翻似烂柯人。D. [平]平[仄]仄仄平平 } 联

沉舟侧畔千帆过，A. [平]平[仄]仄平平仄 } 颈
病树前头万木春。B. [仄]仄 平 平仄仄平 } 联

今日听君歌一曲，C. [仄]仄[平]平平仄仄 } 尾
暂凭杯酒长精神。D. [平]平[仄]仄仄平平 } 联

全诗八句由七绝平仄的基本格式逆反一次组成。根据写诗需要，可以作小移动，把首句第七字（仄）跟第五字对换一下位置，首句就入韵了。也可以把颔联和尾联的C型律句跟首联和颈联的A型律句，颔联和尾联的D型律句跟首联和颈联的B型律句分别对换一下位置，成为七律的另一种平仄格式。还可以作大的移动和小的移动，成为七律的另一种首句入韵的平仄格式。无论五律和七律，只要记住平仄的基本格式。五绝、七绝、五律、七律共计至少有十六套平仄格式，都是由“平仄”二字，记背错了，或把“平

仄”二字混糊了，就可能犯错。

律诗讲求音声抑扬交替的优美诗律，有三条基本要求：第一，句中的平仄要相间，无论是A型律句、B型律句、C型律句、D型律句的平仄都是异音相间的。第二，对句和出句的平仄要相对，平仄的基本格式中A型律句和B型律句的平仄也是相对的。第三，后联出句和前联对句的平仄要相粘，如平仄的基本格式的C型律和B型律句是相粘的。不合第一条，就很可能是拗句，画方框可平可仄除外。不符合第二条，谓之“失对”。不符合第三条，谓之“失粘”。

二、律诗的变化格式

律诗平仄的变化格式，即变格。诗坛上有所谓“一三五不论，二四六分明”说法，这是就律句而言的，律句的一、三、五字不在节奏点上，比较自由，而律句二、四、六字正好在节奏点上，要求必须严格。但也不是绝对的。一、三、五字并非一概不论。五言B型律句“平平仄仄平”的第一个字和七言B型律句“仄仄平平仄仄平”的第三字就不可不论，而且非论不可。如果采取补救措施，就犯了孤平。孤平是诗律的大忌。孤平的补救，是把五言B型律句的第三字改为平声字，成为“仄平平仄平”；把七言B型律句的第五字改为平声字，成为“仄仄仄平平仄平”。五言D型律句“仄仄仄平平”第二字和七言D型律句“平平仄仄仄平平”第五字也不可不论，否则末三字成三平调。此古诗之特点，律诗应当避免。而五C型律句“平平平仄仄”第三字和七言C型律句“仄仄平平平仄仄”第五字拗了，就把后面的一个仄声字改为平声字，分别构成“平平仄平仄”和“仄仄平平仄平仄”。此外，五言A型律句“仄仄平平仄”第三字和七言A型律句“平平仄仄平平仄”第五字用了仄声字，如不论，又成了另一种拗。在对句同一位置上改仄为平就可补救了。这种拗，因不在节奏点上，属半拗，也可不救。“二四六分明”也并非绝对。五言A型律句“仄仄平平仄”

第四字和七言 A 型律句“平平仄仄平平仄”第六字如果用仄声而拗了，分别在下句（五言）B 型律句的第三字和（七言）B 型律句的第五字改仄为平补救。因此，一三五不论和二四六分明不是绝对的。

律诗的平仄有一条总的规律，就是讲求“异音相从”，美就美在避同求异。句中讲求平仄相间，是“异音相从”。出句和对句讲求平仄相对，是“异音相从”。后联出句和前联对句讲求平仄相粘，是为了前后两联避同求异。在出现孤平和拗字时采取变格手法，也是讲求“异音相从”。从这个意义看平仄，出句和对句的第二字必须相对，后联出句和前联对句的第二字必须相粘，二者才是绝不可不论，必须分明的。

三、古诗的主要特点

古诗是种半自由体诗。字句数目既没有限制，也没有固定的格式。句式有四言、五言、七言，有三言、五言、七言、杂言。纯粹的古风，以五言、七言为主。

古诗的押韵比较宽，押韵可平可仄。

词　词律　词调　词谱

词，就是谱式定型的歌词。所谓谱式定型，有两个方面的含义。第一个方面是指音乐形式定型；第二个方面是指歌词的格律形式定型。

词的乐曲是定型的，无论什么地域，无论什么时期，无论是谁唱，都是遵照同样的音乐形式。无论唱，其旋律、节奏都是相同的，人们按照这种定了型的乐曲来填写歌词，一支曲子可以填写许多首歌词，这种风尚的形成就标志着词这种艺术体制已经形成。

这种定了型的乐曲就叫作词调。

歌词的格律形式也是定型的。这种格律形式主要包括分段、句度、用韵方式，字声组织方式。所谓分段，是指歌词分几个段落。所谓句度，就是指一个定了型的词调的歌词一共多少句，各句依次的字数都是固定不变的。比如《菩萨蛮》这个词调一共分两段，前段四句，依次是：七、七、五、五，后段四句，每句都是五言。无论谁填写这首词，句度都是这样的。所谓用韵方式，是指某一个词调，在什么位置上押韵，要求押平声韵还是仄声韵，是一韵到底，还是要换韵。比如《菩萨蛮》这个词调，是每句末尾都要用的，每两句换一次韵，要仄声韵和平声韵交替进行，先用仄声韵。所谓字声组织方式，是指某词调的各个相应的句子中，哪个位置上必须用平声字，哪个位置必须用仄声字，哪个位置的字是可平可仄。比如《菩萨蛮》的第一句的平仄组织方式是“平平仄仄平平仄”，第三句是“仄仄仄平平”，等等。

各个词调都有它定型的格律形式，也就是说都是谱。这种谱的共同特点是“调有定句，句有定字，字有定声”。就是说，某调一共有多少句，第几句应是多少字，哪个位置上的字须用平声或仄声，或者可平可仄，这些都是固定的。还有用韵方式也是定型的。比如，在什么位置上用韵，是一韵到底，还是要换韵，是押平声韵，还是押仄声韵，或者是要求平声韵和仄声韵通押，如果换韵要在哪个位置上换，是否要求叠韵，等等。再者，某些词调对一些句子的特殊形式也是固定的。比如，是否要求对仗，是否要求用领字，是否要求用叠字，等等。对于常用词调来说，这种格律要求都是统一的，即这种谱式是定型的，填词人都是必须遵循的。如《忆秦娥》这个调的格律谱式是这样：

平平仄，平平仄仄平平仄。
平平仄，平平仄仄，平平仄仄。

平平仄仄平平仄、平平仄仄平平仄。

平平仄。平平仄仄，平平仄仄。

这个谱表明，这个词一共十句，分两段。上段五句，依次为“三、七、三、四、四”。下段五句，依次为“七、七、三、四、四”。各个字位的平仄要求是固定的。另外，这个调要求押仄声韵（尤其习惯于押入声），一韵到底。从谱中可知，上段和下段都只有第四句才不用韵，其他各句的末尾都押韵。还有此调的上段和下段的第三句，照例都要重复第二句末尾三个字。这就是《忆秦娥》这个词调的谱式。无论谁填这个调都得遵照它来进行。由上述可知，词牌，词调、词谱这三者是并存的一个整体。从名称看，就叫词牌。一个词牌代表了一个词调。而只要它是一个词调，就意味着它的谱式。

起初，词调的声情色彩（喜怒哀乐、柔刚缓急、谐庄雅郑等）跟歌词的内容的感情色彩本来是相一致的。我们早期的一些词作，还可以看到这种迹象。比如，张志和的《渔歌子》就写隐者戴着“青箬笠”，披着“绿蓑衣”，冒着“斜风细雨”，在“西塞山前”的“桃花流水”中垂钓的情形。白居易的《忆江南》就是写作者怎样怀恋那“日出江花红胜火，春来江水绿如蓝”的江南风光的。可见词的内容跟调名（词牌）所提示的感情色彩是相吻合的。词调的乐曲失传后，后人填词多与调名所提示的感情色彩不相符。

词有一词多体的现象。所谓“体”，就是指谱的具体构式，同一个调有两个或两个以上的谱式，这叫作一调多体。同一调中的不同的体之间，一般都是大同小异的，但也有差异比较大。如《忆秦娥》这个谱，可以称为它的通用谱。唐宋人乃至以后各代的人们填这个调的，绝大多数都是按这个谱的。但这个调也有别体十种。一调多体的情况比较普遍。根据《钦定词谱》所收录，有好些词调多至十体、二十体，甚至二十体以上。例如，《贺新郎》十一体，《念奴娇》十二体，《声声慢》十四体，《瑞鹤仙》十六体，

《酒泉子》二十二体，《水龙吟》二十五体，《河传》二十七体，《洞仙歌》竟多至四十体。这种多体的现象，似乎与谱式定型的说法有抵触，其实不然。因为作为每个个体来说，它的谱式是定型的。过去的谱书上分列的个体差异极小，理应归并。也有的这体与那体之间差异甚大，与其说是同调异体，不如说是同名异调。

关于词的谱式，同调异名和同名异调中，同调异名的现象非常普遍。有许多词都有好些别名，有的别名多到十几个、二十几个。例如，《念奴娇》的别名就有千秋岁、大江东、大江东去、酹江月、百字令、百字谣、赤壁词、湘月等二十二个。又如，《蝶恋花》有别名十五个，《浣溪沙》有别名十九个，等等。造成一调多名的原因有多种。例如，把《念奴娇》称为“赤壁词”，是由苏轼的该调《赤壁怀古》词而得名，“大江东”“大江东去”“酹江月”“酹月”等别名也是因为这首名作中的相应的字句而得来。至于同名异调，不算普遍，也非个别。《子夜歌》有一百七十字的本调，又有人将《菩萨蛮》调称为“子夜歌”。可见同一词牌名，有可能是指三个谱式截然不同的词调。又如，《思越人》既有本调，同时又是《朝天子》和《鹧鸪天》的别名，等等。

唐宋人据以填词的谱式失传了。人们今天所据的填词词谱，是在明清以后，人们根据前人留存的词作进行比照分析而归纳出来的。到现在为止，最完备的“图谱”专著是清人万树编著的《词律》和清人王奕清等奉朝廷之命所编成的《钦定词谱》（或称《词谱》）。《钦定词谱》共收八百二十五调，二千三百零六体。现存词调不下千种。

词调的体段构式：有不分段的，有分为二段、三段、四段的。以分二段常见。分段是由乐曲决定的。词调的段又叫“阕”，也叫“遍”或“片”。阕是一支乐曲完了的意思。而阕词，就是唱两支乐曲。双阕词，有的是上、下片的谱式完全相同的，有的是大同小异的，相当于一支乐曲唱两遍，或者说一支乐曲配两段歌词。也有些词调上片和下片的谱式差异比较大的。分三段的词调为数不多。有的三段词，前两段的格律谱式全同，第三段与前两段迥异而且篇幅比较长，词调的这种构式，称为“双拽头”式。三段各自不同的，称为“非双拽头”式。词调分四段的属于罕见，较流行的是《莺啼序》，这是字数最多的词调，共二百四十字。词还有一种联章体。

根据各个词调的篇幅长短，还有“令”“引”“近”“慢”“小令”“中调”“长调”的名称。令词，产生于酒令。唐五代时期，流行一种风俗习惯，每举行酒宴，多由歌女唱歌行酒令，所唱的歌定型为词调，这种调的调名的最后一个字多是“令”字，如《十六字令》《如梦令》等。至于“引”“近”“慢”，是指乐曲的结构或节奏来说的。“引”和“近”都是指乐章中的一个乐段，后来这个乐段定型为词调，于是它的词名多数加一个“引”字或“近”字。这类词篇幅介于长调和短调之间，所以将其比附为中调。至于慢词，本来是指乐曲节奏来说的，由于“慢”字词调大都比较长，古来都把慢词和长调相比附。一般来说，慢词就是指长调的词。

常用词调格律谱式

（1）《十六字令》（单调十六字）

山，快马加鞭未下鞍。惊回首，离天三尺三。（毛泽东）

平[韵]，仄仄平平仄仄平[韵]。平平仄，仄仄仄平平[韵]。

（2）《忆江南》（单调二十七字，又名《望江南》《江南好》）

多少恨，昨夜梦魂中，还似旧时游上苑，车如流水马如龙。花月正春风。（李煜）

平仄仄，仄仄仄平平[韵]，仄仄平平平仄仄，平平仄仄仄平平[韵]。仄仄仄平平[韵]。

由三、五、七言律句组成。中间两个七言偶句是全词的支撑。

（3）《如梦令》（单调三十三字）昨夜雨疏风骤，浓睡不消残酒。试问卷帘人，去道海棠依旧。知否、知否，应是绿肥红瘦。

仄仄仄平平仄[韵]，仄仄仄平平仄[韵]。仄仄仄平平，仄仄仄平平仄[韵]。平仄[韵]，平仄[叠]，仄仄仄平平仄[韵]。

（4）《菩萨蛮》（双调四十四字）

平林漠漠烟如织，寒山一带伤心碧。暝色入高楼，有人楼上愁。

玉阶空伫立，宿鸟归心急。何处是归程，长亭更短亭。（李白）

平平仄仄平平仄[韵]，平平仄仄平平仄[韵]。仄仄仄平平[换韵]，仄平平仄平[韵]。

平平平仄仄[换韵]，仄仄平平仄。仄仄仄平平[换韵]，仄平平仄平[韵]。

（5）《卜算子》（双调四十四字）

缺月挂疏桐，漏断人初静。谁见幽人独往来？缥缈孤鸿影。

惊起却回头，有恨无人省。拣尽寒枝不肯栖，寂寞沙洲冷。（苏轼）

仄仄仄平平，仄仄平平仄[韵]。仄仄平平仄仄平？仄仄平平仄[韵]。

仄仄仄平平，仄仄平平仄[韵]。仄仄平平仄仄平。仄仄平平仄[韵]。

（6）《生查子》（双调四十字）

屏前何太痴，写得相思巧。巧亦转头删，惆怅她如晓。

一年还一年，我在天涯老。不说那时真，只说今天好。（曾少立）

平平仄仄平，仄仄平平仄韵。仄仄仄平平韵，仄仄平平仄韵。（下片相同）

（7）《采桑子》（双调四十四字，又名《丑奴儿》）

少年不识愁滋味，爱上层楼。爱上层楼，为赋新词强说愁。

而今识尽愁滋味，欲说还休。欲说还休，却道天凉好个秋。（辛弃疾）

平平仄仄平平仄，仄仄平平韵。仄仄平平叠，仄仄平平仄仄平韵。（下片相同）

由四、七言律句组成，重叠的四言句，在调中起关纽作用。

（8）《清平乐》（双调四十六字）

东方欲晓，莫道君行早。踏破青山人未老，风景这边独好。

会昌城外高峰，颠连直接东溟。战士指看粤，更加郁郁葱葱。（毛泽东）

仄平平仄韵，仄仄平平仄韵。仄仄平平平仄仄，仄仄平平平仄韵。

平平仄仄平平换韵，平平仄仄平平韵。仄仄平平仄仄，平平仄仄平平韵。

（9）《西江月》（双调五十字）

明月别枝惊鹊，清风半夜鸣蝉。稻花香里说丰年，听取蛙声一片。

七八个星天外，两三点雨山前。旧时茅店社林边，路转溪桥忽见。（辛弃疾）

仄仄平平仄仄，平平仄仄平平韵。平平仄仄仄平平韵，仄仄平平仄仄换仄韵。

(10)《浪淘沙》(双调五十四字)

帘外雨潺潺，春意阑珊。罗衾不耐五更寒。梦里不知身是客，一晌贪欢。

独自莫凭栏，无限江山。别时容易见时难。流水流春去也，天上人间。(李煜)

仄仄仄平平韵，仄仄平平韵。平平仄仄仄平平韵，仄仄平平平仄仄，仄仄平平韵。(下片相同)

(11)《鹧鸪天》(双调五十五字)

彩袖殷勤捧玉钟，当年拼却醉颜红。舞低杨柳楼心月，歌尽桃花扇底风。

从别后，忆相逢，几回魂梦与君同？今宵剩把银釭照，犹恐相逢是梦中。(晏几道)

仄仄平平仄仄平韵，平平仄仄仄平平韵。平平仄仄平平仄，仄仄平平仄仄平韵。

平仄仄，仄平平韵，平平仄仄仄平平韵。平平仄仄平平仄，仄仄平平仄仄平韵。

(12)《临江仙》(双调五十八字)

梦后楼台高锁，酒醒帘幕低垂。去年春恨却来时。落花人独立，微雨燕双飞。

记得小苹初见，两重心字罗衣。琵琶弦上说相思。当时明月在，曾照彩云归。

仄仄平平平仄，平平仄仄平平韵。平平仄仄仄平平韵。平平平仄仄，仄仄仄平平韵。(下片相同)

(13)《一剪梅》(双调六十字)

红藕香残玉簟秋，轻解罗裳，独上兰舟。云中谁寄锦书来？雁字回时，月满层楼。

花自飘零水自流，一种相思，两处闲愁。此情无计可消除，才下眉头，却上心头。

仄仄平平仄仄平[韵]，仄仄平平，仄仄平平[韵]。平平仄仄仄平平，仄仄平平[韵]，仄仄平平[韵]。(下片相同)

(14)《蝶恋花》(双调六十字，又名《鹊踏枝》)

槛菊愁烟兰泣露。罗幕轻寒、燕子双飞去。明月不谙离恨苦，斜光到晓穿朱户。

昨夜西风凋碧树。独上高楼，望尽天涯路。欲寄彩笺兼尺素，山长水阔知何处。(晏殊)

仄仄平平平仄仄[韵]。仄仄平平、仄仄平平仄[韵]。仄仄平平平仄仄，平平仄仄平平仄[韵]。(下片相同)

(15)《破阵子》(双调六十二字)

醉里挑灯看剑，梦回吹角连营。八百里分麾下炙，五十弦翻塞外声，沙场秋点兵。

马作的卢飞快，弓如霹雳弦惊。了却君王天下事，赢得生前身后名。可怜白发生。(辛弃疾)

仄仄平平仄仄，平平仄仄平平[韵]。仄仄平平平仄仄，仄仄平平仄仄平[韵]，仄平平仄平[韵]。(下片相同)

(16)《江城子》(双调七十字)

十年生死两茫茫，不思量，自难忘。千里孤坟，无处话凄凉。纵使相逢应不识，尘满面，鬓如霜。

夜来幽梦忽还乡。小轩窗，正梳妆。相顾无言，唯有泪千行。料得年年断肠处，月明夜，短松冈。(苏轼)

平平仄仄仄平平[韵]，仄平平[韵]，仄平平[韵]。仄仄平平、仄仄仄平平[韵]。仄仄平平平仄仄，仄平平，仄平平[韵]。（下片相同）

（17）《满江红》（双调九十三字）

怒发冲冠，凭栏处，潇潇雨歇。抬望眼，仰天长啸，壮怀激烈。三十功名尘与土，八千里路云和月。莫等闲，白了少年头，空悲切。

靖康耻，犹未雪，臣子恨；何时灭。驾长车踏破，贺兰山缺。壮志饥餐胡虏肉，笑谈渴饮凶奴血。待从头，收拾旧山河，朝天厥。（岳飞）

仄仄平平，平平仄，平平仄仄[韵]。平仄仄、仄平平仄，仄平平仄[韵]。仄仄平平平仄仄，平平仄仄平平仄[韵]。仄仄平，仄仄仄平平，平平仄[韵]。

仄平仄，平仄仄[韵]，平仄仄，平平仄[韵]。仄平平仄仄，仄平平仄[韵]。仄仄平平平仄仄，平平仄仄平平仄[韵]。仄平平、仄仄仄平平，平平仄[韵]。

（18）《水调歌头》（双调九十五字）

明月几时有，把酒问青天。不知天上宫阙，今夕是何年。我欲乘风归去。又恐琼楼玉宇，高处不胜寒。起舞弄清影，何似在人间？

转朱阁，低绮户，照无眠。不应有恨，何事长向别时圆？人有悲欢离合，月有阴晴圆缺，此事古难全。但愿人长久，千里共婵娟。（苏轼）

仄仄平平仄，仄仄仄平平[韵]。平平仄仄平仄，仄仄仄平平[韵]。仄仄平平平仄。仄仄平平平仄，仄仄仄平平[韵]。仄仄平平仄，仄仄仄平平[韵]。

平平仄，平平仄，仄平平[韵]。平平仄仄，仄仄仄仄平平[韵]。仄仄平平平仄，仄仄平平平仄，仄仄仄平平[韵]。仄仄平平仄，仄仄仄平平[韵]。

上、下片各有一个十一言句，可以处理成六加五，也可以处理成四加七。

(19)《念奴娇》(双调一百字，又名《百字令》《酹江月》)

大江东去，浪淘尽，千古风流人物。故垒西边，人道是，三国周郎赤壁。乱石穿空，惊涛拍岸，卷起千堆雪。江山如画，一时多少豪杰。

遥想公瑾当年，小乔初嫁了，雄姿英发。羽扇纶巾谈笑间，樯橹灰飞烟灭。故国神游，多情应笑我，早生华发。人生如梦，一尊还酹江月。(苏轼)

仄平平仄，仄平仄，平仄平平平仄[韵]。仄仄平平，平仄仄仄仄平平仄仄[韵]。仄仄平平，平平仄仄，仄仄平平仄[韵]。仄平平仄，仄平平仄平仄[韵]。

平仄平仄平平，仄平平仄仄，仄平平仄[韵]。仄仄平平平仄仄，仄仄平平平仄[韵]。仄仄平平，平平仄仄仄，仄平平仄[韵]。仄平平仄，仄平平仄平仄[韵]。

(20)《沁园春》(双调一百一十四字)

何处相逢，登宝钗楼，访铜雀台。唤厨人斫就，东溟鲸脍；圉人呈罢，西极龙媒。天下英雄，使君与操，余子谁堪共酒杯。车千辆，载燕南赵北，剑客奇才。

饮酣画鼓如雷，谁信被晨鸡轻唤回？叹年光过尽，功名未立。书生老去，机会方来。使李将军，遇高皇帝，万户侯何足道哉！披衣起，但凄凉感旧，慨慷生哀。

仄仄平平，仄仄平平，仄仄仄平韵。仄平平仄仄，平平仄仄；平平仄仄，仄仄平平韵。仄仄平平，平平仄仄，仄仄平平仄仄平韵。平平仄，仄平平仄仄，仄仄平平韵。

平平仄仄平平，仄仄仄平平平仄平韵。仄平平仄仄，平平仄仄。平平仄仄，仄仄平平韵。仄仄平平，平平仄仄，仄仄平平仄仄平韵。平平仄，平平平仄仄，仄仄平平韵。

五 对联

对 联

对联的起源和演变

对联滥觞于先秦时即已较多出现于诗文中的对偶句，但直到魏晋以后才成长为一种具有独立意义的文体。

对偶句：就是把结构相同或近似，字数相等，语气内容相一致或相关联的两组句子或词组合在一起使用，从而形成一种整齐对称，和谐美观的语言效果的一种修辞手段。

五代时出现最早的春联，名胜联和题扇联。到宋、元时代，热衷对联创作的人士空前增多。元末以后，对联演进到了成熟，繁盛时期。这种成熟与繁盛体现有六个方面：

第一，对联文体特征完全确定下来。

第二，对联的创作主体和应用面扩及到整个社会。

第三，对联的产量和质量空前提高，涌现了众多以撰联名史的人物和一大批可以代代流传下去的对联佳构。

第四，对联与书法的关系日益密切，联以书传，书以联助，相得益彰。

第五，陆续出现了一些研究联史、总结联法、叙述联坛趣闻逸事的著作。其中最具代表性的是乾隆、嘉庆年间由梁章钜撰著的《楹联丛话》《楹联续话》《楹联三话》及《巧对录》。

第六，对联与时事联系越来越紧密。明清易代之际，即出现过不少讴歌民族英烈、斥骂民族败类、揭示社会矛盾的“时事联”。

第一个积极倡导对联创作的帝皇是明太祖朱元璋。还亲笔撰写春联。上有所好，下必有所效，张贴春联之风就这样从金陵“刮”

起，直至“刮”到全国，成为延续至今的一种民俗。在对联创作方面用力最勤，留下作品最多的帝王是清乾隆帝。

辛亥革命以后，对联创作继续保持明清以来的繁荣局面，但随着时代的发展也出现了一些新变化，主要表现：

第一，题材，内容上与时事尤其是重大政治事件密切相关的对联在对联总类中占有突出的位置。

第二，白话联大量出现。

第三，出现了在报刊、广播、电视上“出句求对”这种崭新的对联创作方法。

第四，对联研究进入到一个新阶段：成立了专门研究对联的组织，出现了以对联为研究对象的杂志，陆续出版了一批有一定深度的研究对联的著作，“对联学”已经成为一门学问。

在经历了一千多年的漫长岁月之后，对联终于由简单的偶对句演变成一种成熟的文体，并且从台阁走向市井，进入十行百业，千门万户，成为一种最具群众性，实用性的民族文化样式。

对联的特征概括起来有以下六点：

（1）由上联（出句）与下联（对句）两部分组成，上、下联字数必须完全相等。

（2）上、下相对应位置上的词必须做到词性相同或相近，即名词对名词，形容词对形容词，副词对副词，数量词对数量词。

（3）上、下联的句法结构和停顿节奏必须一致。

（4）上、下联相对应位置上的字的声调尽可能平仄相反（不必死守）。

（5）一般情况下均须遵守“上仄下平”的落脚律——上联落脚字应是仄声，下联落脚字应是平声。

（6）上、下联在语气和意思上必须相互联系和照应，共表达出一个完整的主题（“无情对”当别论）。也就是说，一副对联无论长短，都应和一首诗，一篇文章一样具有明确的思想内容，否则就是拙劣的“凑对”。

对联对仗

对联的对法就是“对仗”。对仗是对联最本质的形式要求。对联的六大基本特征，其中有四点都是有关对仗的。对联的对仗在原则上与律诗的对仗完全一致，但在操作上的要求可以较律诗为宽。下面以三方面概要说明：

一、词性方面的对仗

词性的对仗就是使性质相同或相近的词处于相对应的位置上。结合古汉语、现代汉语语法上的习惯以及对联的实际创作经验，我们将对联中的“词对”分为以下 12 种基本类型。

（1）一般名词对。一般名词指表示普通事物名称的词，如日、月、山、川、江、树、花、草、鸟、兽、虫、鱼、笔、墨、纸、砚、天空、土地、房屋、街道、亲朋、农桑、战争……

在诗词和对联中，名词的数量往往是各类词中最多的，因此旧时文人对名词的对仗格外讲求精细化。把名词二度划分为 15“门”，即天文、地理、时令、宫室、器物、饮食、服饰、文具、文学、草木花果、鸟兽鱼虫、形体、人事、人伦、干支，要求相对仗的名词尽可能出自同一“门”中（所谓“工对”主要是指做到了这一点）。这个要求在今天已没有过多强调必要了。

（2）专有名词对。专有名词指词素搭配固定，用于专指的称谓词，主要指人名、地名、朝代名、器具名、建筑名、作品名等。唐尧、孙明、黄河、西湖、铜雀台、长生殿、《春秋》……

正因为专名词的词素是固定搭配起来的，故对仗时切不可再将其拆成几个词对待。

（3）颜色词对。颜色词指描述事物视觉印象的词，如赤、朱、红、黑、玄、苍、青、绿、碧、白、黄等颜色词具有“兼类”性，有时作名词用有时作形容词用。

(4) 方位词对。方位词指表示方向或位置的词，如上、下、前、后、左、右、东、西、中、外、间、旁……

(5) 代词对。代词包括人称代词（如吾、余、我、子、尔、他、君、伊等），疑问代词（如何、安、谁、怎么、几何等）和指示代词（如此、斯、彼、这、些、那儿等）。对联用得最多的是人称代词。

(6) 数量词对。对联中的数量词对不仅包括一般的数目对，还包括序数对、分数对、倍数对和概数对。在律诗和对联创作中，数词对一向为人们所重视，巧对的例子很多。

(7) 副词对。副词是用来修饰、限制动词和形容词的，具体可分为时间副词（如既、已、曾、尝、方、正、将、且、久、常等），范围副词（如皆、咸、举、尽、只、仅、常等），程度副词（如极、殊、甚、略、少、更、益、愈等），否定副词（如不、弗、毋、无、非、未等），情态副词（如必、诚、果、定、甚、殆、岂、宁、肯等），谦敬副词（如请、敬、幸、蒙、谨等），在对联中，副词的使用率比实词低得多（有不少对联不用副词）但又比其他虚词（介词、连词、语气词）高得多。

副词一般不出现在联句的节奏停顿点上，因此平仄的要求比较宽泛。

(8) 连词对。连词是用来连接词、词组或句子以表示两项或数项之间关系的，这种关系包括联合和偏正两种。

(9) 介词对。介词是对联中使用率最低的词类。

(10) 语气词对。语气词是表达句子语气的一类虚词，如也、矣、乎、哉等。对联中使用语气词的较少见。

(11) 联绵词对。联绵词指虽由两个音节组成但却只有一个词素的单纯词，包括双声词（如仿佛、伶俐、鸳鸯等）、叠韵词（如栏杆、逍遥、烂漫等）。

(12) 重叠词对。重叠词在对联中用得较多，在“谐趣联”中尤其如此。

二、句法结构方面的对仗

句法结构指词和句子的组织方式，实际上也就是词在词组或句子里的次序排列方式。如果能使出句的词序与对句的词序完全相同或基本相同，便实现了对联句法结构上的对仗。具体说之，对联句法结构上的对仗就是上、下联在词组类型、句子成分、语意节奏诸方面均形成一种“夫唱妇随”的关系：出句用什么词组对句就用什么词组；出句有多少成分对句就有多少成分；出句的节奏停顿点共几个对句也共几个。有些对联在“词对”方面不算很“达标”，但按“句对”要求衡量却要算“合格产品”。所谓“宽对”者也。

“对句”原则：

①词组结构要相同。

②句子成分及其搭配方式要相同。

③句子节奏须一致。

对句结构组成上的相同而不能理解为出，对句语气性质上的一致。结构相同的出，对句在语气上可以同“类”，也可以异“类”。

组成对联的句子可以是单句，也可以是复句。就复句而言有两种类型，一种是上联与下联合起来构成复句，另一种是上下联各自以复句形式出现。无论哪种情况，均须遵守“句对”原则。

对句的类型：

从对联出对句的内容关系看，对仗可分为正对、反对、“流水”对和“无情”对四种。“正对”指上、下联的内容是“相辅相成”关系的对仗现象。大多数对联的对法都属此类。

正对大忌是“合掌”——上下联表达的意思几乎没有区别。

“反对”指上下联的内容是“相反相成”关系的对仗现象。

“流水”对指上下联的内容“一脉相承”关系的对仗现象。区别“流水”对与一般正、反对的办法是：将上、下联位置互换后意思无变化即为一般对，意思有变化便是“流水”对。

“无情”对是一种特殊的，带有明显游戏性质的对法。其特点是出、对句字面上对得十分工致，内容上各自完整而彼此毫无联系，使人读来有“风马牛不相及”之感。这种对法是清末人所首创。

三、关于平仄方面的对仗

平仄方面的对仗和词性、句法结构方面的对仗是有原则性区别的；它不是要求出、对句平仄相同，而是相反。对联讲求平仄对仗是向律诗和骈文“学习”的结果，故其总原则与后两者相同。但对联毕竟是一种比较“解放”的文学样式（篇幅长短不拘，句子字数不限，语言可“文”可“白”，风格能“庄”能“谐”；等等），因而其平仄方面的对仗要求可以放得很“宽”：

①可以只讲求出、对句之间的平仄“相反”而不要求做到一句之内平仄“相错”。

②出、对句之间的“平仄相反”亦可以“低要求”，即不一定遵守“单不论，双分明”的规矩。

③可以不避“孤平”，不讲“拗救”。

④可以按传统的“四声”划分法区别平仄，也可以按现代的“四声”划分区别平仄。

对联讲求词性句法结构上的对仗是为了实现视觉上的整齐谐和美，讲求平仄上的对仗则是为了实现听觉上的变化错落美。如只讲词性和句法结构上的相同而全不管平仄的相反，便无法将作品的形式美充分构筑起来。

对联的平仄对仗按工、宽分三种：

（1）严格遵照律诗和骈文的平仄对仗规则，即既做到出、对句平仄完全相反，又做到各句内平仄基本相错。此为严格意义上的“工对”。

（2）使出、对句平仄完全相反而不求各句内平仄相错。这也属于“工对”。律诗和骈文中很少有这种对法。

（3）使出、对句节奏点上的字平仄相反，余皆从宽不论，除句尾字外，所谓“节奏点上的字”绝大多数在“双数”位置上，因此这种对法实际上是律诗平仄对仗“一三五不论，二四六分明”的原则在对联创作中的推广。这种对法属于“宽对”。古今对联作品的大多数在讲求平仄方面均采用这种对法。

关于这种平仄对法的补充说明：

①凡不在联尾的文言虚词，不论其位置如何，均可平仄从宽。

②不在联尾的专有名词相对仗时可不论平仄。

③“领”字（在句前起统领作用的字）相对可不论平仄。

④做到出、对句尾字平仄相反和联尾字“上仄下平”，余皆从宽不论。这是一种放得更宽的对法。

⑤仅使联脚字“上仄下平”或“上平下仄”，余皆不论。“上平下仄”是“变格”，“上仄下平”则是“正格”。前者仅见于一些“格言联”和“奇警联”中，后者很常见。

对联的修辞手法

修辞是一门运用语言的艺术，也就是运用各种表现手段来修饰、润色词句，从而使语言表达得更加准确、鲜明和生动。

一、通用类修辞格

这类修辞格包括比喻、比拟、借代、对比、夸张、双关、排比、摹状、复叠、连珠等。

（一）比喻：分明喻、暗喻和隐喻三种，在对联中均有很高的使用率。

（二）比拟：包括拟人、拟物两类，以前者最为常见。

（三）借代又称代替或换名，其特点是不直接说出人或物的本名，而是借用与之相关的人或物来称指。使用借代的好处是在于能较以少指多，以形象表抽象，以含蓄代直白，古代文学作品中用借代的例子很多，如“把酒话桑麻”以“桑麻”代称“庄稼”，“知否？知否！应是绿肥红瘦！”（以“绿”代称“叶”，以“红”代称“花”）等。

（四）对比：包括正比和反比两种，后者更多见。对比手法的使用能使事物的特点和事物之间的差别更突出。

（五）夸张又称夸饰、饰辞，铺张等。指运用联想和想象对事物的某些特征进行夸大以增强表达效果。

（六）双关：在具体的语言环境中，利用汉字形、音、义的某些特点使语句一明、一暗双重意思，明为而暗为主，言在此而意在彼，此谓之双关。双关的使用能使作品的内容表达得更含蓄巧妙，耐人寻味。双关有三种：①同音（谐音）双关——利用不同形亦不同义而同音（或近音）的汉字构成双关（如刘锡禹诗《竹枝词》：“东边日出西边雨，道是无晴却有晴。”“晴”关“情”）。②同字双关——利用音同形同而多义的汉字构成双关（如《子夜歌》：“理丝入残机，何悟不成匹。”“匹”表面指“布匹”，实际指“匹配”）。③意义相关——以一句或几句话表达两重意思。

（七）排比又称排叠。多用于长联。其长处是能把比较复杂的内容表达得清晰、透彻、从容、而且形式整齐。节奏分明，气势雄健。

（八）摹状又称摹拟，指以恰切、富于表现力的词语生动、具体地描绘出人、物、景的形、声、色。摹状常与比喻、比拟、夸张、排比结合使用。

（九）复叠：指把某些字句重复使用。重叠能使作品中重要的内容显得更加突出，同时也使作品的节奏感得以加强。重叠分叠字、复字和复句三种。

（十）连珠又称顶针、蝉联，指以上句的结尾作为下句的开头，使相邻的句子头尾蝉联，“历历如贯珠，易睹而可悦。”其优势在于可以加重语气，强化句子之间的意义关联。

二、专用类修辞格

专用类修辞格实际上是指对联的用字技巧。这类修辞格主要有11种：嵌字、析字、变字、隐字、缺字、同傍、倒顺、回文、同字变读、同音绕口和巧用数字。除“嵌字”和“回文”外，上述修辞格绝少出现在其他文体中。

嵌字：别具匠心地将某些具有特殊意义的字嵌入对联中的恰当位置以突出对联的中心内容，谓之“嵌字”。嵌字的类型很多，但多见的类型只有两种：“嵌名”（人名、地名等）和嵌典（与现代主题密切相关的典故）。

回文：把“倒顺”关系由一句之中扩大到两句之间，即成“回文”。

对联中常见的各种修辞格，在具体创作过程中（尤其是在撰写长联时），这些对联被结合使用。一联中出现两三种修辞格是司空见惯的。某些作品甚至交替使用七八种修辞格。形式是为内容服务的，只要内容需要，就可以“不拘一格用修辞”。

对联的格律

对联，一般人只知道分上、下两比，两比字数相同，句式相同，词语相对。以为对联不过就是这么回事。其实，除此之外，对联还有其必须遵守的格律。

目前对联最常见的毛病是不讲平仄，有的甚至上比和下比的最后一个字都是平声，或都是仄声，这是不允许的。上下比的最后一个字，一定要一平一仄才成对联，而且规定上比为仄声，下比为平声。也有上平下仄，那是极特殊的例外。

如果上下比各为两个分句，那么上比前面分句的最后一个字一定要平声，下比则用仄声，这样平仄相间，读起来就顺口，这在对联里叫作“马蹄法则”。以此类推，上下比各为若干分句的长联，也要求每个分句的最后一个字平仄间，至少最后两个分句的最后一个字必须一平一仄，不能连用两个平声或两个仄声。

还有，在创作对联时，不管你运用诗词还是散文的语言，联句本身亦讲求平仄。一般的句式，从四言到七言，都可按诗的语言规律来要求，也同样是“一三五不论，二四六分明”，七言句更切忌“孤平”。而且上下比中处于关键位置的字，也一定要平仄相对。这里就举郑板桥的一副对联为例：“藏书古鼎良朋，百年相伴；美酒名花始月，四季皆春。”前面的六个字，上比为“平平仄仄平平”，下比为“仄仄平平仄仄”，对得非常工整。后四个字则分别为“仄平平仄”和“仄仄平平”，未全按格律，但关键的第二个字和第四个字刚好平仄相对，所以也是工整的。

讲求平仄以外，字词句的对仗也非常重要。如天对地，雨对风，大陆对长空……这叫词性相对，是最基本的一点。但同是名词，“日月”不能对“青天”，因为一是联合词，一是偏正词。意思相同的词也不能相对，如果用“美酒”对“醇醪”；“良朋”对“好友”，这叫“合掌”，也是犯忌的。还有，除了修辞性的重复以外，上下联中不能出现重的字；如果上比中有两个相同的字，下比中相应的位置，也必须是相同的字……这些规则是不能违反的。

当然，对联的灵魂，还是它所表达的思想内容，其格律框框必要时可以突破。尤其是通俗联，可以不讲格律。但要登大雅之堂之作，最好还是讲求格律。

附录一

临老学笛感言

老去风光不及人，强将白发唤青春。山人怎能无作为，正好磨剑伐穷根。

改革开放的春风，把北京大学陈传康教授召唤到广东粤北考察；把与世隔绝、封闭了万千年、连绵四百四十多平方公里的喀斯特貌峰林的黄花镇、九龙镇命名为“英西峰林走廊”，誉称为“南天第一峰林风光”。英西峰林走廊，隐藏着许许多多可歌可泣的悲壮的故事，是个被岁月侵蚀了万千岁月仍郁郁葱葱的生命，是一种来自曾经无数沧桑的真正牵动灵魂的“活”的东西。

我喝黄花水，吃黄花番薯长大，英西峰林的问世，使我对生我育我的这片土地爱得特别深沉，使我激动、感慨。为写点文字表达对乡梓的深厚情怀，可又才疏学浅。无奈之下，“老夫聊发少年狂”，就想到了“临老学笛”。

传康驻足赞黄花，撩起穷翁学噪娃。墨醉纸间梦瘦石，笔横作镜对峰咤。想是这么想，可这个笛怎么学呢？

记得儿时，曾读过“李白”的一首《静夜思》：“床前明月光，疑是地上霜。举头望明月，低头思故乡。”仅用了二十个字的白描手法，从静转向动，就抒发了诗人客游在外，怀念故乡的情感。用寻常口语，词意浅近，看似平淡无奇，却耐人寻味，成为万古传唱的名作。

后来读“崔护”的《题都城南庄》：“去年今日此门中，人面桃花相映红。人面不知何处去，桃花依旧笑春风。”作者仅用二十八个字，用时过境迁，满怀惆怅，“暗传”相思爱慕之情。以清隽雅致，含蕴婉转，节奏鲜明地奏出一曲意味深长的“爱之歌”，传颂着这个动人的哀艳故事。

以前，为了了解一些古代社会，偶然粗览过些许古籍、史书，由于这些古籍、史书，年代久远，纸敝墨渝，文理深奥，面对古汉语诸多词语的纷议无能辨析，却引起我继续探究和学习的兴趣。

老来岂忌人间笑，学笛艰难苦作桥。为补余生寒屋漏，辛酸问卷亦逍遥。

人生匆匆，真如白驹过隙。盘点人生旅途所闻所见、所遇、所识，往事并未如烟。在浩如烟海的五六万首唐诗中，我只读过几百首，这仅是“沧海之一粟”。与那“童子解吟长恨曲，胡儿能唱琵琶篇”差得远矣。但也使我从中了解到，诗歌是文学中的文学，艺术中的艺术。无论是冲淡闲雅、气度从容的“孟浩然”，空山无人，纤尘不到的“王维”，飘然不群、超尘出世的“李白”，闳大深约、摹画入微的“杜甫”等一大批诗人，学者，造就了中华诗歌的黄金时代，也将激励着中华民族的后来。

我在阅读古籍、史书时，了解到很多先贤、俊杰，饱经忧患，命途多蹶，也不因苦难而沉沦。在冰透骨髓的漫漫长夜，仍以笔作喉舌，把蕴藏在我们民族的精神竭尽所能发掘出来；即使荆棘丛生举步维艰也不退缩的浩然气概。

当我一遍遍忘情地回顾这些词句时，心中不时地感到一次次激烈地搏动；这搏动，不仅仅来自“居庙堂之高，处江湖之远”，也不仅仅来自“先天下之忧而忧，后天下之乐而乐”，而是来自中华血脉的最上游……以文字昭示他们的正直，“奋力正乾坤”，“一洗苍生忧”的民族情感。“世上沧桑，民间疾苦”在他们笔下，化作一串串灼人的热泪，化作一颗用这种热泪浸润过的良心，化作被这种良心所照亮的“书史”。

毫无疑问，他们那种执着追求，悲天悯人的热肠，为黎庶疾呼呐喊的凛然正气，流溢出“哀乐过于人”的至性深情，都给我深巨的震撼，激励着我为英西峰林文化旅游开发能尽点滴所能，砥砺品节。

春风秋月映黄花，朝赏娇阳夕品茶。聊借峰峦抒雅趣，欲将心语寄琵琶。

英西峰林这颗璀璨夺目的南国明珠，被陈传康教授的巧手捧到新时代的面前。我该怎么办？那堪岁月枉蹉跎，追梦古贤唱颂歌。

虽是寻春去较迟，何须惆怅怨当时。纵然风罢花狼藉，秋日依然果满枝。

面对着雄伟壮丽的峰林，不禁心潮奔涌，情怀激荡。欲将朴素深沉的细碎点滴，用平平仄仄的格律记下，以抛砖引玉，引来更多骚人墨客、学者，探究英西峰林，歌颂英西峰林，宣传英西峰林。因此，唤起我学习古汉语的兴趣，于是把其中诗、词、对联、声律启蒙的基础知识摘录下来，闲暇之时读读，便宜于温故而知新，为临老学笛冲锋助阵，增强创作的自信。

对镜窥霜不记年，皤然耄耋羡翩跹。
读书问典寻知己，学笛艰难赖舜天。

说是“增强创作自信”，扪心自问，实属老来轻狂。也是一种自我安慰、一种幻想、梦想。

梦，人人都会有，没有人长久不做梦的。有时候梦到一个地方，或是想梦做一件事，或是想梦见一个人，热烈地想，拼命地想，刻骨镂心的想，偏偏想不到，偏偏不肯入梦来。有时候根本没有想过，而且是荒谬绝伦的竟窜入梦中，突如其来，挥之不去。我所企求的梦，或是值得一做的梦，很难很难得到，真是好梦难成。

至于江淹少时梦人授以五色笔，由是文藻日新。王珣梦大笔如椽，果然成大手笔。李白少时梦笔头生花，自是天才瞻逸。鄙人生性愚钝，与这样的梦无缘。梦本是幻觉，迷离扑朔，与过去的意识有关。英西峰林走廊是我的故乡，我在那里徘徊了几十年。那里独特的山，那里独特的水，那里的一村一寨，一草一木，那里的独特风土人情，那里许许多多感人的故事，时时刻刻在我的脑海里萦绕，维系着我的生命，飞入我的梦乡，致使我对故乡有一种特别的痴情。这些梦，虽像黄粱梦，南柯一梦……却使我心情愉悦快意。我“临老学笛”之时，用平平仄仄的格律，把梦记录下来，辑录成千诗百词原稿为《梦峰林》。《诗话峰林》这小册子词粗文拙的“痴人做梦”，冀其能作为“引玉之砖”，呼吁更多骚人墨客、专家学者来鉴赏英西峰林，吟咏英西峰林，享受英西峰林。

附录二

声律启蒙

上卷

一　东

云对雨，雪对风，晚照对晴空。来鸿对去燕，宿鸟对鸣虫。三尺剑，六钧弓，岭北对江东。人间清暑殿，天上广寒宫。两岸晓烟杨柳绿，一园春雨杏花红。两鬓风霜，途次早行之客；一蓑烟雨，溪边晚钓之翁。

沿对革，异对同，白叟对黄童。江风对海雾，牧子对渔翁。颜巷陋，阮途穷，冀北对辽东。池中濯足水，门外打头风。梁帝讲经同泰寺，汉皇置酒未央宫。尘虑萦心，懒抚七弦绿绮；霜华满鬓，羞看百炼青铜。

贫对富，塞对通，野叟对溪童。鬓皤对眉绿，齿皓对唇红。天浩浩，日融融，佩剑对弯弓。半溪流水绿，千树落花红。野渡燕穿杨柳雨，芳池鱼戏芰荷风。女子眉纤，额下现一弯新月；男儿气壮，胸中吐万丈长虹。

二　冬

春对夏，秋对冬，暮鼓对晨钟。观山对玩水，绿竹对苍松。冯妇虎，叶公龙，舞蝶对鸣蛩。衔泥双紫燕，课蜜几黄蜂。春日园中莺恰恰，秋天塞外雁雍雍。秦岭云横，迢递八千远路；巫山雨洗，嵯峨十二危峰。

明对暗，淡对浓，上智对中庸。镜奁对衣笥，野杵对村舂。花灼烁，草蒙茸，九夏对三冬。台高名戏马，斋小号蟠龙。手擘蟹螯从毕卓，身披鹤氅自王恭。五老峰高，秀插云霄如玉笔；三姑石大，响传风雨若金镛。

仁对义，让对恭，禹、舜对羲、农。雪花对云叶，芍药对芙蓉。陈后主，汉中宗，绣虎对雕龙。柳塘风淡淡，花圃月浓浓。春日正宜朝看蝶，秋风那更夜闻蛩。战士邀功，必借干戈成勇武；逸民适志，须凭诗酒养疏慵。

三　江

楼对阁，户对窗，巨海对长江。蓉裳对蕙帐，玉斝对银釭。青布幔，碧油幢，宝剑对金缸。忠心安社稷，利口覆家邦。世祖中兴延马武，桀王失道杀龙逄。秋雨潇潇，漫烂黄花都满径；春风袅袅，扶疏绿竹正盈窗。

旌对旆，盖对幢，故国对他邦。行山对万水，九泽对三江。山岌岌，水淙淙，鼓振对钟撞。清风生酒舍，白月照书窗。阵上倒戈辛纣战，道旁系颈子婴降。夏日池塘，出没浴波鸥对对；春风帘幕，往来营垒燕双双。

铢对两，只对双，华岳对湘江。朝车对禁鼓，宿火对塞缸。青琐闼，碧纱窗，汉社对周邦。笙箫鸣细细，钟鼓响摐摐。主簿栖鸾名有览，治中展骥姓惟庞。苏武牧羊，雪屡餐于北海；庄周活鲋，水必决于西江。

四　支

茶对酒，赋对诗，燕子对莺儿。栽花对种竹，落絮对游丝。四目颉，一只夔，鸲鹆对鹭鸶。半池红菡萏，一架白荼蘼。几阵秋风能应候，一犁春雨甚知时。智伯恩深，国士吞变形之炭；羊公德大，邑人竖堕泪之碑。

行对止，速对迟，舞剑对围棋。花笺对草字，竹简对毛锥。汾水鼎，岘山碑，虎豹对熊罴。花开红锦绣，水漾碧琉璃。去妇因探邻舍枣，出妻为种后园葵。笛韵和谐，仙管恰从云里降；橹声咿轧，渔舟正向雪中移。

戈对甲，鼓对旗，紫燕对黄鹂。梅酸对李苦，青眼对白眉。三弄笛，一围棋，雨打对风吹。海棠春睡早，杨柳昼眠迟。张骏曾为槐树赋，杜陵不作海堂诗。晋士特奇，可比一斑之豹；唐儒博识，堪为五总之龟。

五　微

来对往，密对稀，燕舞对莺飞。风清对月朗，露重对烟微。霜菊瘦，雨梅肥，客路对渔矶。晚霞舒锦绣，朝露缀珠玑。夏暑客思欹石枕，秋寒妇念寄边衣。春水才深，青草岸边渔父去；夕阳半落，绿莎原上牧童归。

宽对猛，是对非，服美对乘肥。珊瑚对玳瑁，锦绣对珠玑。桃灼灼，柳依依，绿暗对红稀。窗前莺并语，帘外燕双飞。汉致太平三尺剑，周臻大定一戎衣。吟成赏月之诗，只悉月堕；斟满送春之酒，惟憾春归。

声对色，饱对饥，虎节对龙旂。杨花对桂叶，白简对朱衣。龙也吠，燕于飞，荡荡对巍巍。春暄资日气，秋冷借霜威。出使振威冯奉世，治民异等尹翁归。燕我弟兄，载咏棣棠韡韡；命伊将帅，为歌杨柳依依。

六　鱼

无对有，实对虚，作赋对观书。绿窗对朱户，宝马对香车。伯乐马，浩然驴，弋雁对求鱼。分金齐鲍叔，奉璧蔺相如。掷地金声孙绰赋，回文锦字窦滔书。未遇殷宗，胥靡困傅岩之筑；既逢周后，太公舍渭水之渔。

终对始，疾对徐，短褐对华裾。六朝对三国，天禄对石渠。千字策，八行书，有若对相如。花残无戏蝶，藻密有潜鱼。落叶舞风高复下，小荷浮水卷还舒。爱见人长，共服宣尼休假盖；恐彰己吝，谁知阮裕竟焚车。

麟对凤，鳖对鱼，内史对中书。犁锄对耒耜，畎浍对郊墟。犀角带，象牙梳，驷马对安车。青衣能报赦，黄耳解传书。庭畔有人持短剑，门前无客曳长裾。波浪拍船，骇舟人之水宿；峰峦绕舍，乐隐者之山居。

七　虞

金对玉，宝对珠，玉兔对金乌。孤舟对短棹，一雁对双凫。横醉眼，捻吟须，李白对杨朱。秋霜多过雁，夜月有啼乌。日暖园林花易赏，雪寒村舍酒难沽。人处岭南，善探巨象口中齿；客居江右，偶夺骊龙颔下珠。

贤对圣，智对愚，傅粉对施朱。名缰对利锁，挈榼对提壶。鸠哺子，燕调雏，石帐对郇厨。烟轻笼岸柳，风急撼庭梧。鸜眼一方端石砚，龙涎三炷博山垆。曲沼鱼多，可使渔人结网；平田兔少，漫劳耕者守株。

秦对赵，越对吴，钓客对耕夫。箕裘对杖履，杞梓对桑榆。天欲晓，日将晡，狡兔对妖狐。读书甘刺股，煮粥惜焚须。韩信武能增四海，左思文足赋三都。嘉遁幽人，适志竹篱茅舍；胜游公子，玩情柳陌花衢。

八　齐

岩对岫，涧对溪，远岸对危堤。鹤长对凫短，水雁对山鸡。星拱北，月流西，汉露对汤霓。桃林牛已放，虞坂马长嘶。叔侄去官闻广、受，弟兄让国有夷、齐。三月春浓，芍药丛中蝴蝶舞；五更天晓，海棠枝上子规啼。

云对雨，水对泥，白璧对玄圭。献瓜对投李，禁鼓对征鼙。徐稚榻，鲁班梯，凤翥对鸾栖，有官清似水，无客醉如泥。截发惟闻陶侃母，断机只有乐羊妻。秋望佳人，目送楼头千里雁；早行远客，梦惊枕上五更鸡。

熊对虎，象对犀，霹雳对虹霓。杜鹃对孔雀，桂岭对梅溪。萧史凤，宋宗鸡，远近对高低。水寒鱼不跃，林茂鸟频栖。杨柳和烟彭泽县，桃花流水武陵溪。公子追欢，闲骤玉骢游绮陌；佳人倦绣，闷欹珊枕掩香闺。

九　佳

河对海，汉对淮，赤岸对朱崖。鹭飞对鱼跃，宝钿对金钩。鱼圉圉，鸟喈喈，草履对芒鞋。古贤尝笃厚，时辈喜诙谐。孟训文公谈性善，颜师孔子问心斋。缓抚琴弦，像流莺而并语；斜排筝柱，类过雁之相挨。

丰对俭，等对差，布袄对荆钗。雁行对鱼阵，榆塞对兰崖。挑荠女，采莲娃，菊径对苔阶。《诗》成六义备，乐奏八音谐。造律吏哀秦法酷，知音人说郑声哇。天欲飞霜，塞上有鸿行已过；云将作雨，庭前多蚁阵先排。

城对市，巷对街，破屋对空阶。桃枝对桂叶，砌蚓对墙蜗。梅可望，橘堪怀，季路对高柴。花藏沽酒市，竹映读书斋。马首不容孤竹扣，车轮终就洛阳埋。朝宰锦衣，贵束乌犀之带；宫人宝髻，宜簪白燕之钗。

十　灰

增对损，闭对开，碧草对苍苔。书签对笔架，两曜对三台。周召虎，宋桓魋，阆苑对蓬莱。熏风生殿阁，皓月照楼台。却马汉文思罢献，吞蝗唐太冀移灾。照耀八荒，赫赫丽天秋日；震惊百里，轰轰出地春雷。

沙对水，火对灰，雨雪对风雷。书淫对传癖，水浒对岩隈。歌旧曲，酿新醅，舞馆对歌台。春棠经雨放，秋菊傲霜开。作酒固难忘曲蘖，调羹必要用盐梅。月满庾楼，据胡床而可玩；花开唐苑，轰羯鼓以奚催。

休对咎，福对灾，象箸对犀杯。宫花对御柳，峻阁对高台。花蓓蕾，草根荄，剔藓对剜苔。雨前庭蚁闹，霜后阵鸿哀。元亮南窗今日傲，孙弘东阁几时开。平展青茵，野外茸茸软草；高张翠幄，庭前郁郁凉槐。

十一　真

邪对正，假对真，獬豸对麒麟。韩卢对苏雁，陆橘对庄椿。韩五鬼，李三人，北魏对西秦。蝉鸣对暮夏，莺啭怨残春。野烧焰腾红烁烁，溪流波皱碧粼粼。行无踪，居无庐，颂成酒德；动有时，藏有节，论著钱神。

哀对乐，富对贫，好友对嘉宾。弹冠对结绶，白日对青春。金翡翠，玉麒麟，虎爪对龙鳞。柳塘生细浪，花径起香尘。闲爱登山穿谢屐，醉思漉酒脱陶巾。雪冷霜严，倚槛松筠同傲岁；日迟风暖，满园花柳各争春。

香对火，炭对薪，日观对天津。禅心对道眼，野妇对宫嫔。仁无敌，德有邻，万石对千钧。滔滔三峡水，冉冉一溪冰。充国功名当画阁，子张言行贵书绅。笃志诗书，思入圣贤绝域；忘情官爵，羞沾名利纤尘。

十二　文

家对国，武对文，四辅对三军。“九经”对“三史”，菊馥对兰芬。歌北鄙，咏南熏，迩听对遥闻。召公周太保，李广汉将军。闻化蜀民皆草偃，争权晋土已瓜分。巫峡夜深，猿啸苦哀巴地月；衡峰秋早，雁飞高贴楚天云。

欹对正，见对闻，偃武对修文。羊车对鹤驾，朝旭对晚曛。花有艳，竹成文，马燧对羊欣。山中梁宰相，树下汉将军。施帐解围嘉道韫，当垆沽酒叹文君。好景有期，北岭几枝梅似雪；丰年先兆，西郊千顷稼如云。

尧对舜，夏对殷，蔡茂对刘蕡。山明对水秀，“五典”对“三坟”。唐李、杜，晋机、云，事父对忠群。雨晴鸠唤妇，霜冷雁呼群。酒量洪深周仆射，诗才俊逸鲍参军。鸟翼长随，凤兮洵众禽长；狐威不假，虎也真百兽君。

十三　元

幽对显，寂对喧，柳岸对桃源。莺朋对燕友，早暮对寒暄。鱼跃沼，鹤乘轩，醉胆对吟魂。轻尘生范甑，积雪拥袁门。缕缕轻烟芳草渡，丝丝微雨杏花村。诣阙王通，献太平十二策；出关老子，著道德五千言。

儿对女，子对孙，药圃对花村。高楼对邃阁，赤豹对玄猿。妃子骑，夫人轩，旷野对平原。匏巴能鼓瑟，伯氏善吹埙。馥馥早梅思驿使，萋萋芳草怨王孙。秋夕月明，苏子黄岗游赤壁；春朝花发，石家金谷启芳园。

歌对歌，德对恩，犬马对鸡豚。龙池对凤沼，雨骤以云屯。刘向阁，李膺门，唳鹤对啼猿。柳摇春白昼，梅弄月黄昏，岁冷松筠皆有节，春喧桃李本无言。噪晚齐蝉，岁岁秋来泣恨；啼宵蜀鸟，年年春去伤魂。

十四　寒

多对少，易对难，虎踞对龙蟠。龙舟对凤辇，白鹤对青鸾。风淅淅，露漙漙，绣毂对雕鞍。鱼游荷叶沼，鹭立蓼花滩。有酒阮貂奚用解，无鱼冯铗必须弹。丁固梦松，柯叶忽然生腹上；文郎画竹，枝梢倏尔长毫端。

寒对暑，湿对干，鲁隐对齐桓。寒毡对暖席，夜饮对晨餐。叔子带，仲由冠，郏鄏对邯郸。嘉禾忧夏旱，衰柳耐秋寒。杨柳绿遮无亮宅，杏花红映仲尼坛。江水流长，环绕似青罗带；海蟾轮满，澄明如白玉盘。

横对竖，窄对宽，黑志对弹丸。朱帘对画栋，彩槛对雕栏。春既老，夜将阑，百辟对千官。怀仁称足足，抱义美般般。好马君王曾市骨，食猪处士仅思肝。世仰双仙，元礼舟中携郭泰，人称连璧，夏候车上并潘安。

十五　删

兴对废，附对攀，露草对霜菅，歌廉对借寇，习孔对希颜。山垒垒，水潺潺，奉璧对探环，《礼》由公旦作，《诗》本仲尼删。驴困客方经灞水，鸡鸣人已出函关。几夜霜飞，已有苍鸿辞北塞，数朝雾暗，岂无玄豹隐南山。

犹对尚，侈对悭，雾髻对烟鬟。莺啼对鹊噪，独鹤对双鹇。黄牛峡，金马山，结草对衔环。昆山惟玉集，合浦有珠还。阮籍旧能为眼白，老莱新爱着衣斑。栖迟避世人，草衣木食，窈窕倾城女，云鬓花颜。

姚对宋，柳对颜，赏善对惩奸。愁中对梦里，巧慧对痴顽。孔北海，谢东山，使越对征蛮，淫声闻濮上，离曲听阳关。骁将袍披仁贵白，小儿衣着老莱斑。茅舍无人，难却尘埃生榻上；竹亭有客，尚留风月在窗间。

下卷

一　先

晴对雨，地对天，天地对山川。山川对草木，赤壁对青田。郏鄏鼎，武城弦，木笔对苔钱。金城三月柳，玉井九秋莲。何处春朝风景好，谁家秋夜月华圆。珠缀花梢，千点蔷薇香露；练横树杪，几丝杨柳残烟。

前对后，后对先，众丑对孤妍。莺簧对蝶板，虎穴对龙渊。击石磬，观韦编，鼠目对鸢肩。春园花柳地，秋沼芰荷天。白羽频挥闲客坐，乌纱半坠醉翁眠。野店几家，羊角风摇沽酒旆；长川一带，鸭头波泛卖鱼船。

离对坎，震对乾，一日对千年，尧天对舜日，蜀水对秦川. 苏武节，郑虔毡，涧壑对林泉。挥戈能退日，持管莫窥天。寒食芳辰花烂熳，中秋佳节月婵娟。梦里荣华，飘忽枕中之客，壶中日月，安闲市上之仙。

二　萧

恭对慢，吝对骄，水远对山遥。松轩对竹槛，雪赋对风谣。乘五马，贯双雕，烛灭对香消。明蟾常彻夜，骤雨不终朝。楼阁天凉风飒飒，关河地隔雨潇潇。几点鹭鸶，日暮常飞红蓼岸；一双鸂鶒，春朝频泛绿杨骄。

开对落，暗对昭，赵瑟对虞《韶》。轺车对驿骑，锦绣对琼瑶。羞攘臂，懒折腰，范甑对颜瓢。寒天鸳帐酒，夜月凤台箫。舞女腰肢杨柳软，佳人颜貌海棠娇。豪客寻春，南陌草青香阵阵；闲人避暑，东堂蕉绿影摇摇。

班对马，董对晁，夏昼对春宵。雷声对电影，麦穗对禾苗。八千路，廿四桥，总角对垂髫。露桃匀嫩脸，风柳舞纤腰。贾谊赋成伤《鹏鸟》，周公诗说托《鸱鸮》。幽寺寻僧，逸兴岂知俄尔尽；长亭送客，离魂不觉黯然消。

三　肴

《风》对《雅》，象对爻，巨蟒对长蛟。天文对地理，蟋蟀对蟏蛸。龙夭矫，虎咆哮，北学对东胶。筑台须垒土，成屋必诛茅。潘岳不忘《秋兴赋》，边韶常被昼眠嘲，抚养群黎，已见国家隆治；滋生万物，方知天地泰交。

蛇对虺，蜃对蛟，麟薮对鹊巢。风声对月色，麦穗对桑苞。何妥难，子云嘲，楚甸对商郊。五音惟耳听，万虑在心包。葛被汤征因仇饷，楚曹齐伐责包茅。高矣若天，洵是圣人大道；淡而如水，实为君子神交。

牛对马，犬对猫，旨酒对嘉肴。桃红对柳绿，竹叶对松梢，藜杖叟，布衣樵，北野对东郊。白驹形皎皎，黄鸟语交友。花圃春残无客到，柴门夜永有僧敲。墙畔佳人，飘扬竞把秋千舞；楼前公子，笑语争将蹴踘抛。

四　豪

琴对瑟，剑对刀，地迥对天高。峨冠对博带，紫绶对绯袍。煎异茗，酌香醪，虎兕对猿猱。武夫攻骑射，野妇务蚕缫。秋雨一川淇澳竹，春风两岸武陵桃。螺髻青浓，楼外晚山千仞；鸭头绿腻，溪中春水半篙。

刑对赏，贬对褒，破斧对征袍。梧桐对橘柚，枳棘对蓬蒿。雷焕剑，吕虔刀，橄榄对葡萄。一椽书舍小，百尺酒楼高。李白能诗时秉笔，刘伶爱酒每餔糟。礼别尊卑，拱北众星常灿灿；势分高下，朝东万水自滔滔。

瓜对果，李对桃，犬子对羊羔。春分对夏至，谷水对山涛。双凤翼，九牛毛，主逸对臣劳。水流无限阔，山耸有余高。雨打村童新牧笠，尘生边将旧征袍。俊士居官，荣引鹓鸿之序；忠臣报国，誓殚犬马之劳。

五　歌

山对水，海对河，雪竹对烟萝。新欢对旧恨，痛饮对高歌。琴再抚，剑重磨。媚柳对枯荷。荷盘从雨洗，柳线任风搓。饮酒岂知欹醉帽，观棋不觉烂樵柯。山寺清幽，直踞千寻云岭；江楼宏敞，遥临万顷烟波。

繁对简，少对多，里咏对途歌。宦情对旅况，银鹿对铜驼。刺史鸭，将军鹅，玉律对金科。古堤垂亸柳，曲沼长新荷。命驾吕因思叔夜，马车蔺为避廉颇。千尺水帘，今古无人能手卷；一轮月镜，乾坤何匠用功磨。

霜对露，浪对波，径菊对池荷。酒阑对歌罢，日暖对风和。梁父咏，楚狂歌，放鹤对观鹅。史才推永叔，刀笔仰萧何。种橘犹嫌千树少，寄梅谁信一枝多。林下风生，黄发村童推牧笠；江头日出，皓眉溪叟晒渔蓑。

六　麻

松对柏，缕对麻，蚁阵对蜂衙。赪鳞对白鹭，冻雀对昏鸦，白堕酒，碧沉茶，品笛对吹笳。秋凉梧堕叶，春暖杏开花。雨长苔痕侵壁砌，月移梅影上窗纱。飒飒秋风，度城头之筚篥；迟迟晚照，动江上之琵琶。

优对劣，凸对凹，翠竹对黄花。松杉对杞梓，菽麦对桑麻。山不断，水无涯，煮酒对烹茶。鱼游池面水，鹭立崖头沙。百亩风翻陶令秫，一畦雨熟邵平瓜。闲捧竹根，饮李白一壶之酒；偶擎桐叶，啜卢同七碗之茶。

吴对楚，蜀对巴，落日对流霞。酒钱对诗债，柏叶对松花。驰驿骑，泛仙槎，碧玉对丹砂。设桥偏送笋，开道竟还瓜。楚国大夫沉汨水，洛阳才子谪长沙。书箧琴囊，乃士流活计；药炉茶鼎，实闲客生涯。

七　阳

高对下，短对长，柳影对花香。词人对赋客，五帝对三王。深院落，小池塘，晚眺对晨妆。绛霄唐帝殿，绿野晋公堂。寒集谢庄衣上雪，秋添潘岳鬓边霜。人浴兰汤，事不忘于端午；客斟菊酒，兴常记于重阳。

尧对舜，禹对汤，晋宋对隋唐。奇花对异卉，夏日对秋霜。八叉手，九回肠，地久对天长。一堤杨柳绿，三径菊花黄。闻鼓塞兵方战斗，听钟宫女正梳妆。春饮方归，纱帽半淹邻舍酒；早朝初退，衮衣微惹御炉香。

荀对孟，老对庄，亸柳对垂杨。仙宫对梵宇，小阁对长廊。风月窟，水云乡，蟋蟀对螳螂。暖烟香霭霭，寒烛影煌煌。伍子欲酬渔父剑，韩生尝窃贾公香。三月韶光，常忆花明柳媚；一年好景，难忘橘绿橙黄。

八　庚

深对浅，重对轻，有影对无声。蜂腰对蝶翅，宿醉对余醒。天北缺，日东生，独卧对同行。寒冰三尺厚，秋月十分明。万卷书容闲客览，一樽酒待故人倾。心侈唐玄，厌看霓裳之曲；意骄陈主，饱闻玉树之赓。

虚对实，送对迎，后甲对先庚。鼓琴对舍瑟，搏虎对骑鲸。金匼匝，玉玎琤，玉宇对金茎。花间双粉蝶，柳内几黄莺。贫里每甘藜藿味，醉中厌听管弦声。肠断秋闺，凉吹已侵垂被冷；梦惊晓枕，残蟾犹照半窗明。

渔对猎，钓对耕，玉振对金声。雉城对雁塞，柳袅对葵倾。吹玉笛，弄银笙，阮杖对桓筝。墨呼松处士，纸号楮先生。露浥好花潘岳县，风搓细柳亚夫营，抚动琴弦，遽觉座中风雨至；哦成诗句，应知窗外鬼神惊。

九　青

红对紫，白对青，渔火对禅扃。唐诗对汉史，释典对仙经。龟曳尾，鹤梳翎，月榭对风亭。一轮秋夜月，几点晓天星。晋士只知山简醉，楚人谁识屈原醒。倦绣佳人，慵把鸳鸯文作枕；吮毫画者，思将孔雀写为屏。

行时坐，醉对醒，佩紫对纡青。棋枰对笔架，雨雪对雷霆。狂蛱蝶，小蜻蜓，水岸对沙汀。天台孙绰赋，剑阁孟阳铭。传信子卿千里雁，照书车胤一囊萤。冉冉白云，夜半高遮千里月；澄澄碧水，宵中寒映一天星。

书对史，传对经，鹦鹉对鹡鸰。黄茅对白荻，绿草对青萍。风绕铎，雨淋铃，水阁对山亭。渚莲千朵白，岸柳两行青。汉代宫中生秀柞，尧时阶畔长祥蓂。一枰决胜，棋子分黑白；半幅通灵，画色间丹青。

十　蒸

新对旧，降对升，白犬对苍鹰。葛巾对藜杖。涧水对池冰。张兔网，挂鱼罾，燕雀对鹍鹏。炉中煎药火，窗下读书灯。织锦逐梭成舞凤，画屏误笔作飞蝇。宴客刘公，座上满斟三雅爵；迎仙汉帝，宫中高插九光灯。

儒对士，佛时僧，面友对心朋。春残对夏老，夜寝时晨兴。千里马，九霄鹏，霞蔚对云蒸。寒堆阴岭雪，春泮水池冰。亚父愤生撞玉斗，周公誓死作《金縢》。将军元晖，莫怪人讥为饿虎；侍中卢昶，难逃世号作饥鹰。

规对矩，墨对绳，独步时同登。吟哦对讽咏，访友对寻僧。风绕屋，水襄陵，紫鹄对苍鹰。鸟寒惊夜月，鱼暖上春冰。扬子口中飞白凤，何郎鼻上集青蝇。巨鲤跃池，翻几重之密藻；颠猿饮涧，挂百尺之垂藤。

十一　尤

荣对辱，喜对忧，夜宴对春游。燕关对楚水。蜀犬对吴牛。茶敌睡，酒消愁，青眼对白头。马迁修《史记》，孔子作《春秋》。适兴子猷帝泛棹，思归王粲强登楼。窗下佳人，妆罢重将金插鬓；筵前舞妓，曲终还要锦缠头。

唇对齿，角对头，策马对骑牛。毫尖对笔底，绮阁对雕镂。杨柳岸，荻芦洲，语燕对啼鸠。客乘金络马，人泛木兰舟。绿野耕夫春举耜，碧池渔父晚垂钩。波浪千层，喜见蛟龙得水；云霄万里，惊看雕鹗横秋。

庵对寺，殿对楼，酒艇对渔舟。金龙对彩凤，豮豕对童牛。王郎帽，苏子裘，四季对三秋。峰峦夫地秀，江汉接天流。一湾绿水渔村小，万里青山佛寺幽。龙马呈河，羲皇阐微而画卦；神龟出洛，禹王取法以陈畴。

十二　侵

眉对目，口对心，锦瑟对瑶琴。晓耕对寒钓，晚笛对秋砧。松郁郁，竹森森，闵损对曾参。秦王亲击缶，虞帝自挥琴。三献卞和尝泣玉，四知杨震固辞金。寂寂秋朝，庭叶因霜摧嫩色；沉沉春夜，砌花随月转清阴。

前对后，古对今，野兽对山禽。犍牛对牝马，水浅对山深。曾点瑟，戴逵琴，璞玉对浑金。艳红花弄色，浓绿柳敷阴。不雨汤王方剪爪，有风楚子正披襟。书生惜壮岁韶华，寸阴尺璧，游子爱良宵光景，一刻千金。

丝对竹，剑时琴，素志对丹心。千愁对一醉，虎啸对龙吟。子罕玉，不疑金，往古对来今。天寒邹吹律，岁旱傅为霖。渠说子规为帝魄，侬知孔雀是家禽。屈子沉江，处处舟中争系粽；牛郎渡渚，家家台上竞穿针。

十三　覃

千对百，两对三，地北对天南。佛堂对仙洞，道院对禅庵。山泼黛。水浮蓝，雪岭对云潭。凤飞方翙翙，虎视已眈眈。窗下书生时讽咏，筵前酒客日耽酣。白草满郊，秋日牧征人之马；绿桑盈亩，春时供农妇之蚕。

将对欲，可对堪，德被对恩罩。权衡对尺度，雪寺对云庵。安邑枣，沿庭柑，不愧对无渐。魏征能直谏，王衍善清谈。紫梨摘去从山北，丹荔传来自海南。攘鸡非君子所为，但当月一；养狙是山公之智，止用朝三。

中对外，北对南，贝母对宜男。移山对浚井，谏苦对言甘。千取百，二为三，魏尚对周堪。海门翻夕浪，山市拥晴岚。新缔直投公子纻，旧交犹脱馆人骖。文在淹通，已咏冰兮寒过水；永和博雅，可知青者胜于蓝。

十四　盐

悲对乐，爱对嫌，玉兔对银蟾。醉侯对诗史，眼底对眉尖。风羽羽，月纤纤，李苦对瓜甜。画堂施锦帐，酒市舞青帘。横槊赋诗传孟德，引壶酌酒尚陶潜。两曜迭明，日东生而月西出；五行式序，水下润而火上炎。

如对似，减对添，绣幕对朱帘。探珠对献玉，鹭立对鱼潜。玉屑饭，水晶盐，手剑对腰镰。燕巢依邃阁，蛛网挂虚檐。夺槊至三唐敬德，弈棋第一晋王恬。南浦客归，湛湛春波千顷净；西楼人悄，弯弯夜月一钩纤。

逢对遇，仰对瞻，市井对闾阎。投簪对结绶，握发对掀髯。张绣幕，卷珠帘，石碏对江淹。宵征方肃肃，夜饮已厌厌。心褊小人长戚戚，礼多君子屡谦谦。美刺殊文，备三百五篇诗咏；吉凶异画，变六十四卦爻占。

十五　咸

清对浊，苦对咸，一启对三缄。烟蓑对雨笠，月榜对风帆。莺睍睆，燕呢喃，柳杞对松杉。情深悲素扇，泪痛湿青衫。汉室既能分四姓，周朝何用叛三监。破的而探牛心，豪矜王济；竖竿以挂犊鼻，贫笑阮咸。

能对否，圣对贤，卫瓘对浑瑊。雀罗对鱼网，翠巘对苍岩。红罗帐，白布衫，笔格对书函。蕊香蜂竞采，泥软燕争衔。凶孽誓清闻祖逖，王家能乂有巫咸。溪叟新居，渔舍清幽临水岸；山僧久隐，梵宫寂寞倚云岩。

冠对带，帽对衫，议鲠对言谗。行舟对御马，俗弊对民喦。鼠且硕，兔多毚，史册对书缄。塞城闻奏角，江浦认归帆。河水一源形弥弥，泰山万仞势岩岩。郑为武公，赋缁衣而美德；周因巷伯，歌贝锦以伤谗。

附录三

诗 韵 举 要

〈一〉上平声

【一东】 东同童僮铜桐峒筒瞳中(中间)衷忠虫冲终忡崇嵩(崧)戎狨弓躬宫融雄熊穹穷冯风枫丰酆充隆空(空虚)公功工攻蒙濛朦幪笼(名词,董韵同,又动词,独用)胧聋栊宠昽洪红虹鸿丛翁忽葱聪骢通棕蓬

【二冬】 冬彤农宗镛锺龙舂松衝容溶庸蓉封胸凶汹兇匈雍(和也)浓重(重复,层)从(随从、顺从)逢缝(缝纫)峰锋丰蜂烽纵(纵横)踪茸邛筇慵恭供(供给)

【三江】 江缸窗邦降(降伏)双泷庞舡撞(绛韵同)

离【四支】 支枝移为(施为)垂吹(吹嘘)陂碑奇宜仪皮儿离施知驰池规危夷师姿迟龟眉悲之芝时诗棋旗辞词期祠基疑姬丝司葵医帷思(动词)滋持随痴维卮螭麾墀弥慈遗(遗失)肌脂雌披嬉尸狸炊湄篱兹差(参差)疲茨卑亏蕤骑(跨马)歧岐谁斯私窥熙欺疵赀羁彝髭颐资糜饥衰锥姨夔祇涯(佳麻韵同)伊追缁箕治(治理,动词)尼而推(灰韵同)縻绥羲羸其淇麒祁崎骐锤釐罹漓鹂璃骊猕罴貔仳琵枇屍鸩梔匙蚩篪缔鸱踟嗤隋虽睢咨淄鹚瓷萎惟唯厮澌缌逶迤贻裨庳丕嵋郿篪蠡(瓠勺,齐韵同)麾痍猗椅(音漪,木名)

【五微】 微薇晖辉徽挥韦围帏违闱霏菲(芳菲)妃飞非扉肥威祈旂畿机几(微也,如见几)稀希衣(衣服)依归苇饥矶欷

【六鱼】 鱼渔初书舒居裾车(麻韵同)渠余予(我也)誉(动词)舆馀胥狙耡(锄、锄)疏(疏密)疎(同疏)蔬梳虚嘘徐猪闾庐驴诸除如墟于畬淤妤玙蜍储苴菹沮龃据(拮据)鹍蕖歔茹(茅茹)洳摅榈

【七虞】　虞愚娱隅刍无芜巫于衢儒濡襦须株蛛诛殊铢瑜榆愉谀腴区驱躯朱珠趋扶凫雏敷夫肤纡输枢厨俱驹模谟蒲胡湖瑚乎壶狐弧孤辜姑菰徒途涂荼图屠奴吾梧吴租卢鲈炉芦苏乌汙（污秽）枯粗都茱侏徂樗蹰拘劬岖鹳芙苻鄜桴俘须臾繻吁滹瓠蝴糊鄠醐餬呼沽酤泸舻轳鸬驽孥逋匍葡铺殳酥菟洿诬呜鼯逾（踰）禺萸竽雩渝貐揄瞿

【八齐】　齐黎藜犁梨妻（夫妻）萋凄悽隄低题提蹄鸡稽兮倪霓（蜺）西棲犀嘶梯鼙畜赍迷泥（泥土）溪圭闺携畦嵇跻灌脐奚醯蹊鼙蠡（支韵同）醍鹈珪睽

【九佳】　佳*街鞋牌柴钗差（差使）崖涯*（支麻韵同）偕阶皆谐骸排乖怀淮槐（灰韵同）豺侪埋霾斋娲*蜗*蛙*

（有*号的字，词韵属第十部；其余属第五部。）

【十灰】　灰恢魁隈回徘（音裴）徊（音回）槐（音回，佳韵同）梅枚媒煤雷罍隤（颓）催摧陪杯醅嵬推（支韵同）迴虺恢诙裴培崔纔*开*哀*埃*台*苔*该*才*材*财*裁*来*莱*栽*哉*灾*猜*孩*骇*腮*

（有*号的字，词韵属第五部，其余属第三部。）

【十一真】　真因茵辛新薪晨辰臣人仁神亲申身宾滨邻鳞麟珍瞋尘陈春津秦频蘋颦银垠筠巾困民岷贫蓴淳醇纯唇伦纶轮沦匀旬巡驯钧均榛遵循甄宸郴椿鹑嶙辚磷驎泯（轸韵同）缗邠嚬诜甡呻伸湣寅夤姻荀询郇峋氤恂逡嫔皴

【十二文】　文闻纹蚊云分（分离）纷芬焚坟群裙君军勤斤筋勋熏曛醺云芹欣芸耘沄氲殷汶阌氛濆汾

【十三元】　元*原*源*鼋*园*猿*垣*烦*蕃*樊*暄*萱*喧*冤*言*轩*藩*魂袁*沅*援*辕*番*繁*翻*幡*璠*壎*（埙）骞*鸳*蜿*浑温孙门尊樽（罇）存敦蹲墩豚村屯盆奔论（动词）昏痕根恩吞荪扪

（有*号的字，词韵属第七部，其余属第六部。）

【十四寒】　寒韩翰（羽翮）丹单字鞍难（艰难）餐檀坛滩弹残干肝竿

乾（乾湿）阑栏澜兰看（翰韵同）丸完桓纨端湍酸团攒官棺观（观看）冠（衣冠）鸾銮峦欢（驩）宽盘蟠漫（大水貌）叹（翰韵同）邯郸摊玕拦磻珊狻

【十五删】　删潸关弯湾还环鬟寰班斑蛮颜姦（奸）攀顽山閒艰闲间（中间）悭患（谏韵同）孱潺

〈二〉下平声

【一先】　先前千阡笺天坚肩贤絃弦烟燕（国名）莲怜田填年颠巅牵妍眠渊涓边编悬泉迁仙鲜（新鲜）钱煎延毡羶蝉缠连联篇偏扁（扁舟）绵全宣镌穿川缘鸢捐旋（回旋）娟船涎鞭铨专圆员乾（乾坤）虔愆权拳椽传（传授）焉鞯褰搴汧鞬铅舷跹鹃蠲筌痊诠悛邅鹯旃鳣禅（参神，逃禅）婵单（单于）躔颛燃涟琏便（安也）翩翩骈癫阗畋钿（霰韵同）沿蜒膴

【二萧】　萧箫挑（挑担）貂刁凋雕彫鹏迢条髫跳苕调（调和）枭浇聊辽寥撩寮僚尧宵消霄绡销超朝潮嚣骄娇焦燋椒饶桡烧（焚烧）遥徭摇谣瑶韶昭招镳瓢苗猫腰桥乔妖飘逍潇鸮骁翛祧鴞鹩缭獠夭（夭夭）幺邀要（要求，要盟）飖姚樵侨颤标飙嫖漂（漂浮）剽儌（儌幸）

【三肴】　肴巢交郊茅嘲钞包胶爻苞梢蛟教（使也）庖匏坳敲胞抛鲛崤啁鸡鞘抄蝥咆哮

【四豪】　豪毫操（操持）髦絛刀萄猱褒桃糟旄袍挠（巧韵同）蒿涛皋号（号呼）陶鼇曹遭羔高嘈搔毛滔骚韬缫膏牢醪逃劳（劳苦）濠壕舠饕洮淘叨咷篙熬遨翱嗷臊

【五歌】　歌多罗河戈阿和（平和）波科柯陀娥蛾鹅萝荷（荷花）何过（经过，箇韵同）磨螺禾珂蓑婆坡呵哥轲（孟轲）沱鼍拖驼跎柁（舵，哿韵同）佗（他）颇（偏颇）峨俄摩么娑莎迦靴疴

【六麻】　麻花霞家茶华沙车（鱼韵同）牙蛇瓜斜邪芽嘉瑕纱鸦遮叉奢涯（支佳韵同）夸巴耶嗟遐加笳赊槎（查）差（差错）楂杈蟆骅虾葭

袈裟砂衙枒呀琶杷

【七阳】　阳杨扬香乡光昌堂章张王(帝王)房芳长(长短)塘妆常凉霜藏(收藏)场央鸯秧狼床方浆觞梁娘庄黄仓皇装殇襄骧相(互相)湘箱创(创伤)亡忘芒望(观望,漾韵同)尝偿樯坊囊郎唐狂强(刚强)肠康冈苍匡荒遑行(行列)妨棠翔良航疆粮穰将(送也,持也)墙桑刚祥详洋梁量(衡量,动词)羊伤汤彰璋猖商防筐煌凰徨纲茫臧裳昂丧(丧葬)漳嫜阊蜣蒋(菇蒋)韁僵羌枪抢(突也)锵疮杭魴肓篁惶璜隍攘瀼亢廊阆浪(沧浪)琅粱邙旁滂傍(侧也)孀当(应当)珰糖沧鸧尪飏泱殃敭佯

【八庚】　庚更(更改)羹盲横(纵横)觥彭亨英烹平评京惊荆明盟鸣荣莹(径韵同)兵兄卿生甥笙牲擎鲸迎行(行走)衡耕萌氓甍宏茎罂莺樱泓橙争筝清情晴精睛菁晶旌盈楹瀛嬴赢营婴缨贞成盛(盛受)城诚呈程声征正(正月)轻名令(使令)并(交并)倾萦琼峥撑嵘鹏秔坑铿瘿鹦勍

【九青】　青经泾形刑型陉亭庭廷霆蜓停丁仃馨星腥醒(迥韵同)俜灵龄玲伶零听(聆听,径韵同)汀冥溟铭瓶屏萍荧萤荥扃垧鹡蜻硎苓舲聆鸰鸽瓴翎娉婷宁暝瞑

【十蒸】　蒸烝承丞惩澄(澂)陵凌绫菱冰膺鹰应(应当)蝇绳渑(音绳,水名)乘(驾乘,动词)昇升胜(胜任)兴(兴起)缯凭凭(径韵同)仍兢矜徵(徵求)称(称赞)登灯(镫)僧增曾憎矰层能朋鹏肱薨腾藤藤恒棱罾崩滕縢崚嶒絙

【十一尤】　尤邮优忧流旒留骝刘由游遊猷悠攸牛修脩羞秋周州洲舟酬雠柔俦畴筹稠邱抽瘳遒收鸠搜(蒐)驺愁休囚求裘仇浮谋牟眸侔矛侯喉猴讴鸥楼陬偷头投钩沟幽虬樛啾鹙鞦楸蚯赒踌裯惆糇揉勾鞲娄琉疣犹邹兜呦售(宥韵同)

【十二侵】　侵寻浔临林霖针(鍼)箴斟沉砧(碪)深淫心琴禽擒钦衾吟今襟(衿)金音阴岑簪(覃韵同)壬任(负荷)歆森禁(力能胜任)祲骎嵚参(音深,星名,又音岑的阴平,参差)琛涔

【十三覃】 覃潭参(参拜,参考)骖南柟男谙庵含涵函(包涵)岚蚕探贪耽龛堪谈甘三(数目)酣柑惭蓝担(动词)簪(侵韵同)

【十四盐】 盐檐(詹)廉帘嫌严占(占卜)髯谦奁纤签瞻蟾炎添兼缣霑(沾)尖潜阎镰幨黏淹箝甜恬拈砭銛詹蒹歼黔钤

【十五咸】 咸鹹函(书函)缄岩谗衔帆衫杉监(监察)凡馋芟搀巉镵啣

〈三〉上　声

(注意:许多上声字现在读成去声。)

【一董】 董动孔总笼(名词,东韵同)澒桶洞(澒洞)

【二肿】 肿种(种子)踵宠垄(陇)拥壅冗重(轻重)冢奉捧勇涌(湧)踊(踴)恐拱竦悚耸栱

【三讲】 讲港棒蚌项

【四纸】 纸只咫是靡彼毁燬委诡髓累(积累)妓绮觜此蕊徙尔弭婢侈弛豕紫旨指美否(臧否,否泰)兕几姊比(比较)水轨止市徵(角徵)喜己纪跪技蚁(螘)鄙晷子梓矢雉死履被(寝衣)垒癸趾以已似耜祀史使(使令)耳里理裹李起杞跂士仕俟始齿矣耻庳枳址時玺鲤迩氏吔驶巳滓苡倚七跬

【五尾】 尾苇鬼岂卉(未韵同)几(几多)伟裴菲(菲薄)匪篚

【六语】 语(言语)圉吕侣旅杼伫与(给予)予(赐予)渚煮汝茹(食也)署鼠黍杵处(居住,处理)贮女许拒炬所楚阻俎沮叙绪序屿野巨宁褚础苣举讵榉粔溆禦籞去(除也)

【七麌】 麌雨宇舞府鼓虎古股贾(商贾)蛊土吐(遇韵同)圃庚户树(种植,动词)煦诩努辅组乳弩补鲁橹觑腐数(动词)簿五竖普侮斧聚午伍釜缕部柱矩武苦取抚浦主杜坞祖愈堵扈父甫怒(遇韵同)禹羽腑俯(俛)罟估赌卤姥鹉偻拄莽(养韵同)

【八荠】 荠礼体米启陛洗邸底抵弟坻柢涕(霁韵同)悌济(水名)澧醴蠡(范蠡,彭蠡)祢棨诋觝眯

【九蟹】　蟹解洒楷獬澥枴矮

【十贿】　贿悔改*采*采*彩*綵*海在*(存在)罪宰*醢*馁铠*恺*待*殆*怠*倍乃*每载*(载运)

(有*号的字,词韵属第五部;其余属第三部。)

【十一轸】　轸敏允引尹尽忍准隼笋盾(阮韵同)闵悯泯(真韵同)蚓牝殒紧蠢陨愍矧哂朕(朕兆)

【十二吻】　吻粉蕴愤隐谨近(远近)忿(问韵同)

【十三阮】　阮*远*(远近)晚*苑*返*阪*饭*(动词)偃*蹇*(铣韵同)郾*献*琬*混本反损衮看遁(遯,愿韵同)稳盾(轸韵同)

(有*号的字,词韵属第七部;其余属第六部。)

【十四旱】　旱暖管琯满短馆(翰韵同)缓盥(翰韵同)盌懒繖(伞)卵(哿韵同)散(散布)伴诞罕瀚(浣)断(断绝)侃算(动词)款但坦袒纂

【十五潸】　潸眼简版琖(盏)产限栈(谏韵同)绾(谏韵同)柬拣板

【十六铣】　铣善(善恶)遣浅曲转(自转,不及物动词)衍犬选冕辇免展茧辩辨篆勉翦(剪)卷(同捲)显饯(霰韵同)眄(霰韵同)喘藓软蹇(阮韵同)演件腆鲜(少也)跣缅沔渑(音缅,渑池)缱绻靦殄扁(不正圆,又扁额)单(音善,姓也,又单父,县名)

【十七篠】　篠小鸟了晓少(多少)扰绕遶绍杪沼眇矫皎皦杳窈窕袅(褭)挑(挑引)掉(啸韵同)肇缥缈渺淼茑嫋赵兆旐缴缭朓窅夭(夭折)悄

【十八巧】　巧饱卯狡爪鲍挠(豪韵同)搅绞拗咬炒

【十九皓】　皓宝藻早枣老好(好丑)道稻造(造作)脑恼岛倒(仆也)祷(号韵同)擣(捣)抱讨考燥扫(号韵同)嫂保鸨稿草昊浩镐颢杲缟槁堡皂碯

【二十哿】　哿火弹柁(歌韵同)我娜荷(负荷)可坷左果裹朵锁(鏁)琐堕惰妥坐(坐立)裸跛颇(稍也)夥颗祸卵(旱韵同)

【二十一马】　马下(上下)者野雅瓦寡社写泻(祃韵同)夏(华夏)也把贾(姓贾)假(真假)捨(舍)厦惹冶且

【二十二养】 养像象仰朗桨奖敞鳖枉颡强(勉强)盪惘两曩杖响掌党想榜爽广享丈仗(漾韵同)幌莽(麌韵同)纺长(长幼)上(升也)网荡壤赏傚(仿)罔蒋(姓蒋)橡慷漭谠傥往魍魉鞅

【二十三梗】 梗影景井岭境警请饼永骋逞颖顷整静省幸颈郢猛丙炳杏秉耿矿颍鲠领冷靖

【二十四迥】 迥炯挺梃艇醒(青韵同)酩酊并等鼎顶洞肯拯铤

【二十五有】 有酒首口母*後柳友妇*斗狗久负*厚手守右否*(是否)醜受牖偶阜*九后咎薮吼帚(箒)垢亩*舅纽藕朽臼肘韭剖诱牡*缶*酉苟丑炙笱扣(叩)塿某*莠寿(宥韵同)绶叟

(有*号的字,在词韵中兼入麌韵。)

【二十六寝】 寝饮(饮食)锦品枕(衾枕)审甚(沁韵同)廪衽(袵)稔沈凛懔朕(我也)荏

【二十七感】 感览揽胆澹(淡,勘韵同)噉(啖)坎惨(憯)敢颔撼毯黪糁湛

【二十八俭】 俭焰敛(艳韵同)险检脸染掩点簟贬冉苒陕谄忝(艳韵同)俨闪剡琰奄歉芡崭

【二十九豏】 豏槛范减舰犯湛斩黯范

〈四〉去　声

【一送】 送梦凤洞(岩洞)众瓮贡弄冻痛栋仲中(射中,击中)粽讽恸鞚空(空缺)控

【二宋】 宋用颂诵统纵(放纵)讼种(种植)综俸共供(供设,名词)从(仆从)缝(隙也)雍(州名)重(再也)

【三绛】 绛降(升降)巷撞(江韵同)

【四寘】 寘置事地志治(治安,太平)思(名词)泪吏赐自字义利器位戏至次累(连累)伪为(因为)寺瑞智记异致备肆翠骑(车骑,名词)使(使者)试类弃饵媚鼻易(容易)辔坠醉议翅避笥帜粹侍谊帅

(将帅)厕寄睡忌貮萃穗二臂嗣吹(鼓吹,名词)遂恣四骥季刺驷泗寐魅积(储蓄)食(以食食人)被芰懿觊冀愧匮馈(饱)庇洎暨塈概质(抵押)豉柜篑痢腻被(覆也)祕比(近也)鸷闷啻示嗜饲伺遗(馈遗)意薏祟值识(意志,记也,又标识)

【五未】　未味气贵费沸尉畏慰蔚魏纬胃渭彙谓讳卉(尾韵同)毅既衣(着衣)蜎

【六御】　御处(处所)去(来去)虑誉(名词)署据驭曙助絮著(显著)豫箸恕与(参与)遽疏(书疏)庶预语(告也)踞薯饫

【七遇】　遇路辂赂露鹭树(树木)度(制度)渡赋布步固素具数(数量)怒(麌韵同)务雾骛鹜附兔故顾句墓暮慕募注驻祚裕误悟寐住戍库护屦诉蠹妒惧趣娶铸绔(裤)傅付谕妪芋捕哺互孺寓吐(麌韵同)赴沍孺污(动词)恶(憎恶)忤晤

【八霁】　霁制计势世丽岁济(渡也)第艺惠慧币砌滞际厉涕(荠韵同)契(契约)弊毙帝蔽敝髻锐戾裔袂繫祭卫隶闭逝缀翳製替细桂税壻例誓筮蕙诣砺励瘗噬继脆叡(睿)毳沴曳蒂睇妻(以女妻人)递逮棣蓟罽係系彗嘒芮蚋薜荔唳捩粝泥(拘泥)篦襞穗簭睥睨

【九泰】　泰*会带*外*盖*大*(箇韵同)旆濑*赖*籁*蔡*害*最贝霭*蔼*沛艾*丐*柰*奈*绘脍(鲙)荟太*霈狈汰*蕞*

(有*号的字,词韵属第十部;其余属第三部。)

【十卦】　卦*挂*懈廨隘卖画*(图画)派债怪坏诫戒界介芥械薤拜快迈话*败稗晒虿瘵玠

(有*号的字,词韵属第十部;其余属第五部。)

【十一队】　队内塞*(边塞)爱*辈佩代*退载*(年也)碎态*背秽菜*对废诲晦昧碍*戴*贷*配妹喙溃黛*吠概*岱*肺溉*慨*耒块在*(所在)耐*鼐*珮玳*(瑇)再*碓乂刈

(有*号的字,词韵属第五部;其余属第三部。)

【十二震】　震印进润阵镇刃顺慎鬓晋骏闰峻衅(衅)振俊(隽)舜吝烬讯仞迅趁榇搢仅觐信轫浚

【十三问】 问闻(名誉)运晕韵训粪忿(吻韵同)酝郡分(名分)紊汶愠近(动词)

【十四愿】 愿*论(名词)怨*恨万*饭*(名词)献*健*寸困顿遁(阮韵同)建*宪*劝*蔓*券*钝闷逊嫩溷远*(动词)侃*(衎)苑*(阮韵同)

(有*号的字,词韵属第七部;其余属第六部。)

【十五翰】 翰(翰墨)岸汉难(灾难)断(决断)乱叹(寒韵同)观(楼观)干榦散(解散)旦算(名词)玩(翫)烂贯半案炭汗赞谮漫(寒韵同,又副词独用)冠(冠军)灌爨窜幔粲灿换焕唤悍弹(名词)惮段看(寒韵同)判叛涣绊盥鹳幔畔锻腕忱馆(旱韵同)

【十六谏】 谏雁患(删韵同)涧间(间隔)宦晏慢盼豢栈(潸韵同)惯串绽幻瓣苋丱办绾(潸韵同)

【十七霰】 霰殿面眄(铣韵同)县变箭战扇膳传(传记)见砚院练炼燕谳宴贱馔荐绢彦掾便(便利)眷麫线倦羡奠徧(遍)恋啭眩钏倩卞汴片禅(封禅)遣善(动词)溅饯(铣韵同)转(以力转动,及物动词)卷(书卷)甸钿(先韵同)电嚥旋(已而,副词)

【十八啸】 啸笑照庙窍妙诏召邵要(重要)曜耀(燿)调(音调)钓吊叫少(老少)眺消料疗潦掉(筱韵同)峤徼(边徼)烧(野火)

【十九效】 效効教(教训)貌校孝闹豹罩櫂(棹)觉(寤也)较乐(喜爱)

【二十号】 号(号令,名号)帽报导祷(皓韵同)操(所守也)盗噪灶奥告(告诉)诰暴(强暴)好(喜好)到蹈劳(慰劳)傲耗躁造(造就)冒掉倒(颠倒)爆燥扫(皓韵同)

【二十一箇】 箇个贺佐大(泰韵同)饿过(经过,歌韵同,又过失,独用)和(唱和)挫课唾播座坐(行之反,又同座)破卧货沈涴簸轲(轗轲)

【二十二祃】 祃驾夜下(降也)谢榭罢夏(春夏)霸暇灞嫁赦藉(凭藉)假(借也,又休假)蔗炙(音蔗,炮火,名动)化舍(庐舍)价射骂稼

架诈亚麝怕借泻(马韵同)卸帕

【二十三漾】　漾上(上下)望(观望,阳韵同,又名望,独用)相(卿相)将(将帅)状帐浪(波浪)唱让旷壮放向嚮仗(养韵同)畅量(度量,数量,名动)葬匠障瘴谤尚涨饷样藏(库藏)舫访觃嶂当(适当)抗酿妄怆宕怅创(开创)酱况亮傍(依傍)丧(丧失)恙王(王天下,霸王)旺

【二十四敬】　敬命正(正直)令(命令)政性镜盛(多也)行(品行)圣咏隆庆映病柄郑劲竞净竟孟诤獍更(更加)併(合併)聘横(横逆)

【二十五径】　径定罄磬应(答应)乘(车乘,名词)赠媵佞称(相称)邓莹(庚韵同)证孕兴(兴趣)剩(賸)凭(蒸韵同)迳甑听(聆也,青韵同,又听从,独用)胜(胜败)宁

【二十六宥】　宥候就授售(尤韵同)寿(有韵同)秀绣宿(星宿)奏富*兽門漏陋狩昼寇茂旧胄宙袖(褎)岫柚覆(盖也)救厩臭佑(祐)囿豆窦瘦漱咒究疚谬皱逅嗅遘溜镂逗透骤又幼读(句读)副*

(有*号的字,在词韵中兼入遇韵。)

【二十七沁】　沁饮(使饮)禁(禁令,宫禁)任(负担)荫浸谮谶枕(动词)甚(寝韵同)噤

【二十八勘】　勘暗(闇)滥啗(啖)担(名词)憾缆瞰暂三(再三)绀憨澹(感韵同)辘

【二十九艳】　艳(艳)剑念验赡壍店忝(俭韵同)占(占据)敛(聚敛,俭韵同)厌焰(俭韵同)垫欠僭酽潋滟玷(俭韵同)

【三十陷】　陷鉴监(同鉴,又中书监)汎梵忏赚蘸嵌

〈五〉入　声

【一屋】　屋木竹目服福禄縠熟谷肉族鹿漉腹菊陆轴逐苜蓿牧伏宿(住宿)夙读(读书)犊渎牍默毂复粥肃碌骕鬻育六缩哭幅斛戮仆畜蓄叔淑菽俶倏独卜馥沐速祝麓辘叵镞簇蹙筑穆睦秃縠覆(翻也)辐

瀑曝(暴)郁舳掬踘蹴踢茯複蝮鸲鹏髑

【二沃】　沃俗玉足曲粟烛属录辱狱绿毒局欲束鹄梏告(音梏,忠告)蜀促触续浴酷躅褥旭欲笃督赎劚顼蓐渌骁

【三觉】　觉(知觉)角桷榷嶽(岳)乐(礼乐)捉朔数(频数)卓斲啄(啅)琢剥驳(駮)雹璞朴(朴)壳确浊濯擢渥幄握学榷涿

【四质】　质(性质)日笔出室实疾术一乙壹吉秩密率律逸(佚)失漆栗毕恤(卹)蜜橘溢瑟膝匹述慄黜跸弼七叱卒(终也)蝨悉戌嫉帅(动词)蒺姪铚踬怵潏蟋蟀筚篥宓必筚秫柣窸飇

【五物】　物佛拂屈郁乞掘(月韵同)讫吃(口吃)绂黻弗髴勿迄不绋

【六月】　月骨髪阙越谒没伐罚卒(士卒)竭窟笏钺歇发突忽袜鹘(黠韵同)厥蹶蕨曰阀筏暍殁橛掘(物韵同)榾猾蠍勃纥龁(屑韵同)孛渤揭(屑韵同)碣(屑韵同)

【七曷】　曷达末阔活钵脱夺褐割沫拔(拔起)葛闼渴拨豁括抹遏挞跋撮泼斡秣掇(屑韵同)怛妲聒栝獭(黠韵同)剌

【八黠】　黠拔(拔擢)鹘(月韵同)八察杀刹轧戛瞎獭(曷韵同)刮刷滑辖镪猾捋

【九屑】　屑节雪绝列烈结穴说血舌洁别缺裂热决铁灭折拙切悦辙诀泄洩咽噎傑彻澈哲蘁设齧劣掣玦截窃孽浙孑桔颉撷揭(月韵同)缬撷揭(月韵同)羯碣(月韵同)挈抉亵薛拽(曳)爇冽臬蘖瞥撇迭跌阅辍掇(曷韵同)

【十药】　药薄恶(善恶)作乐(哀乐)落阁鹤爵弱约脚雀幕洛壑索郭错跃若酌托削铎凿却鹊诺萼度(测度)橐漠钥著(着)虐掠矱泊搏籥锷藿嚼勺谑廓绰霍镬莫箨缚貉濩各略骆寞膜鄂博昨柝拓

【十一陌】　陌石客白泽伯迹(跡)宅席策册碧籍(典籍)格役帛戟壁驿麦额柏魄积(积聚)脉夕液尺隙逆画(同划)百阋虢赤易(变易)革脊获翮屐适帻戹(厄)隔益窄核核覈舄掷责坼惜癖辟僻掖腋释译峄择摘奕帟迫疫昔赫瘠滴亦硕貊跖(蹠)鹡碛蹐绤隻炙(动词)踯斥吓穸晢淅鬲骼舶珀

【十二锡】　锡壁历枥击绩笛敌滴镝檄激寂觌析溺觅狄荻幂鹢戚慼涤的喫沥霹雳惕剔砾翟汆倜

【十三职】　职国德食(饮食)蚀色力翼墨极息直得北黑侧贼饰刻则塞(闭塞)式轼域殖植敕(勅)饬棘惑默织匿亿臆特勒劾仄昃稷识(知识)逼(偪)克即弋拭陟测翊恻洫穑鲫鹜(鹨)克嶷抑或

【十四缉】　缉辑戢立集邑急入泣溼习给十拾袭及级涩粒揖楫(叶韵同)汗蛰笠执隰汲吸縶葺挹浥岌裛悒熠

【十五合】　合塔答纳榻阁杂腊蜡匝阖蛤衲沓榼鸽踏飒拉遝盍塌咂

【十六叶】　叶帖贴牒接猎妾蝶叠箧惬涉鬣捷颊楫(檝，缉韵同)摄蹑协侠荚魇睫浃慑涞蹀挟铗靥燮詟摺衱饁踖辄婕屧聂镊渫谍堞甋

【十七洽】　洽狭(陿)峡法甲业邺匣鸭乏怯劫胁插锸歃押狎袷翜夹恰峡硖